村上春樹 翻訳ライブラリー

水と水とが出会うところ

レイモンド・カーヴァー

村上春樹 訳

中央公論新社

水と水とが出会うところ　目次

I

II

III

IV

V

VI

VII

水と水とが出会うところ

テス・ギャラガーと
モリス・R・ボンドに

I

ウールワース、一九五四

いったいどこから、そして何ゆえに、こんなものが
ふらふらと浮かび上がってきたのかはわからない。でも
ロバートが電話で、これからはまぐり採りに
行こう、そっちに迎えに寄るよと言ってきた直後から
ずっと、僕はそのことを考え続けている。

生まれて初めての仕事で、ソルという
男のもとで働いていたときのこと。
この男、歳は五十を過ぎているのに
僕と同じただの商品補充係だった。
一生うだつがあがらないという
ところだが、その仕事をありがたく思っている
という点では僕と同じ。

安売りスーパーの品物のことなら
とにかく隅から隅まで
知らざるはなく、惜しみなくそれを僕に
教えてくれた。僕は当時十六歳で、
時給七十五セント。その仕事がすっかり
気に入っていた。ソルは自分の知識を僕に
伝授した。彼は我慢強い男だったが、
僕ものみこみは早かった。

当時のもっとも重要な
記憶は、婦人下着《ランジェリー》の詰まった
段ボール箱を開けたときのこと。
アンダーパンツとか、それから柔らかくて
ぴちっとくっつくようなやつ。そういうのを
両手にすくって箱から取り出す。そのころでも
そこには甘酸っぱくミステリアスな

何かがあった。ソルはそれを「リンガ・リー」と呼んだ。「リンガ・リー？」ちんぷんかんぷんだ。だから僕もしばらくは、そのまま「リンガ・リー」と呼んでいた。

やがて僕はもっと大きくなり、商品補充係をやめて、そのフランス語をちゃんと正しい発音で呼ぶようになった。いろんな知恵もしっかりとついた！あの柔らかさに手を触れられればいいな、アンダーパンツを脱がせることができたらなと思って、女の子とデートをするようになった。そしてそれが実現することだってあった。なんと、僕にそいつを脱がさせてくれたのだ。アンダーパンツというのはまさに「リンガ・リー」だった。それはときにはそこに留まって離れまいと

した。お腹からずり下ろそうとすると
その熱く白い肌にやんわりと
くっついて離れなかった。
腰やお尻や、美しい太股を
通過し、次第にスピードを増して
膝を、そしてふくらはぎを
越えていく！　足首に届くと両者は
めでたくひとつに
まとまる。そして車の床にはらりと
脱ぎ落とされて、あとは忘れられて
しまう。どこにいったっけと
探されるまでは。

「リンガ・リー」

あの素敵な娘たち！

「しばし留まれ、汝は美しい」

誰がそう言ったのか僕は知っている。台詞はまさにぴったりだし、そのまま使わせてもらおう。ロバートと子供たちと僕はバケツとシャベルを手に浅瀬にいる。はまぐりを食べない子供たちはシャベルですくった砂の中にはまぐりがみつかって、バケツに投げ込まれるたびに「げえ」とか「おえ」とか言ってふざけまわっている。

僕といえばずっとそのあいだ、ヤキマでの青春の日々を思っていた。そして絹のように滑らかなアンダーパンツを。ジーンやらリタやらミュリエルやらスーやら彼女の妹やら、コーラ・メイやらがはいていた留まろうとするものを。そんな娘たちは今ではみんないい年だ。それもうまくいけばということ。

そうでなければ——死んでしまった。

（訳注）「リンガ・リー」〔Linger-ey〕は「ランジェリー」〔Lingerie〕を誤読しているわけで、これは「留まる」〔Linger〕とも通じている。「しばし留まれ、汝は美しい」はゲーテ『ファウスト』からの引用。

Woolworth's, 1954

電波のこと

アントニオ・マチャードに

やっと雨はやんだ。そして月が姿を見せた。
電波の仕組みなんて何ひとつ僕には
わからない。でもたしか雨あがりの直後、空気が湿っているときには
遠くまで伝わるらしい。とにかく今はその気になれば
オタワや、あるいはトロントの放送を受信することもできる。
最近では夜になると、自分がカナダの政治や内政問題に
いささかの関心を抱いていることにふと気づくような
次第だ。それは嘘じゃない。でもダイアルを合わせるのは
だいたいは音楽専門局だ。僕はここに座って
静かに音楽を聴く。何をするともなく、何を考えるともなく。
僕はテレビを持っていないし、新聞をとるのも

やめてしまった。夜になると、ラジオをつける。

ここに来たとき、僕は何もかもから逃げようとしていた。とりわけブンガクから。

それが何を引き入れてしまい、そのあとに何が来るのか。

人間には何も考えたくないという欲望だってあるんだ。

じっとしていたいという欲望だって。そりゃもちろん

厳格に厳密になりたいという欲望はちゃんとある。

でも同時に人の魂というのは、調子のいいサノバビッチで、

いつもあてになるとは限らない。そして僕はそのことを忘れていた。

あるとき魂がこう言った、今ここにあって明日も

ここにあるものを歌うより、今はもうなく、二度と戻る

ことのないものを歌った方がいい。あるいはそうじゃないかも。

もしそうじゃないとしても、それはそれでかまわない。

別にどちらでもいいのだ、と魂は言った、人がいずれにせよ何かを歌うのであれば。

僕はそう語る声を聞いたのだ。

そんなことを考える人間がいるなんて信じられるかい？
何もかも要するにみんな同じことだなんて。
なんというナンセンスだ！
でも夜に椅子に座ってラジオを聴いていると、
こういう馬鹿な考えが頭に浮かんでしまうんだ。

　そしてマチャード、君の詩のこと！
これじゃまるで再び恋に落ちる中年男という
ところだね。傍目から見ていれば輝かしいことかもしれないが、
同時に気恥ずかしくもある。
君の写真を壁に飾ったりするのも馬鹿みたいだよな。
そして僕は君の本をベッドに持っていって
手元に置いて眠った。ある夜夢の中で
汽車が通り過ぎて、それで目が覚めてしまった。
真っ暗な寝室で胸がどきどきしたけれど、
まず最初に思ったのは、こういうこと――

大丈夫、マチャードがここにいるんだって。
それから僕はもう一度眠りに就くことができた。

今日は散歩に出るときに君の本を
携えていった。「注意を払いたまえ!」と君は言った、
誰かがどう生きるかというようなことを問いかけてきたときに。
だから僕はあたりを見回して、あらゆるものを目に焼きつけた。
それから僕は山の見える川沿いの自分の家に戻って、
本を手にひなたに腰を下ろした。
そして目を閉じて、川の水音に耳を
澄ませた。それから目を開けて、
「アベル・マルティンの最後の哀歌」を読み始めた。
マチャード、今朝僕は君のことをずいぶん真剣に考えた。
僕の持つ死についての知識からすればむずかしいだろうが、
僕の伝えようとするメッセージが君に届けばと思う。
でも届いていなくても別にいいんだよ。ぐっすりと眠り、休みたまえ。

いずれ君と会うことになるだろう。
そしたらそのときに直接伝えることもできるしね。

（訳注）「アントニオ・マチャード」はスペインの詩人Antonio Machado（一八七五―一九三九）のことだろう。

Radio Waves

ムーヴメント

フェリーに間に合うように全速力で車を運転する。
スノウ・クリーク、そしてドッグ・クリークが
ヘッドライトに照らされて飛び過ぎていく。
でも今はそれどころじゃない。そこにいる川のぼりの
鱒のことを考えているような暇はないんだよ。
山間に差しかかったところで、
薬罐に入って旅してまわっている
おばあさんについてラジオで何か
喋っているのが聞こえる。
我々の人生の根元には困窮というものがある。そのとおり。
でもこいつはちょっとひどい。
このおばあさんを誰か、なんとか
してやれよ。

彼女にだって子供がいるだろう。
おいあんた、もう時間も遅い。自分の上に
薬罐の蓋が下りてくるところを想像してごらん。
讃美歌と鎮魂歌。次なる場所へと運ばれていくときの
運動《ムーヴメント》の感覚。

Movement

ホミニイと雨

地球科学科《アース・サイエンス》校舎の壁の
すぐそばの、小さく区切られた地面で
キャンバスの帽子をかぶった男が
膝をついて、雨の中で何かの草木を
いじっていた。隣の校舎の上の方の窓から
ピアノの調べが聞こえてくる。やがて
その音楽は止む。
そして窓が下ろされた。

大学の中庭の桜の木に咲いている
白い花は開けたばかりのホミニイの
缶みたいな匂いがすると
君は言った。ついホミニイを

思いだしてしまうのだと。それが真実か否か、
僕にはわからない。
僕は嗅覚というものをなくしちゃったんだ。
地面に膝をついて植物だか野菜だかを
いじることにかつて少しは
示していたかもしれない
関心なんかと一緒にね。片耳にリングをつけた

裸足の狂人がひとり、
ギターを弾きながらレゲエを
歌っていた。僕はそれを覚えている。
その足元には雨の水たまりができていた。
彼が自ら選んで立っている
場所には、舗道に赤い字で
Welcome Fear（恐怖来たれ）と書いてあった。

そのときには、自分の草木の前に膝をついている男を思いだすのが大事なことみたいに思えたのだ。桜の花。なにかの音楽、そして別の音楽。でも今ではあまり確信は持てない。確信があるとは、とても言えない。

僕の脳味噌にはまるで小さなへこみがあるみたいだ。なにかの感覚を僕は失ってしまっている——全部、何から何までというのではないけれど、取り返しがつかないくらいいっぱい。僕の人生のある部分が、永遠に。まるでホミニイみたいに。

たとえ君の腕と僕の腕とがしっかりと組まれていても。たとえそうだとしても。たとえ

雨が勢いを増してきた戸口で僕らが
静かにたたずんでいたとしても。
そして何も言わずにじっと雨を
見ていた。静かにそこに立っていた。
心おだやかに、と僕は思うんだ。僕らはそこに立って
雨をじっと見ていたのだけれど。そのあいだ男は
ずっとギターを弾きつづけていた。

（訳注）ホミニイはひき割りトウモロコシのおかゆ

Hominy And Rain

道

実にひどい夜だった！　ぜんぜん夢なんかじゃなかったのか、
さもなくば喪失の予兆夢かもしれないし、あるいはまたちがう
夢なのかもしれない。昨夜僕は田舎道で、言葉ひとつなく
車から下ろされてしまった。
背後の丘にある一軒の家には、星くらいの大きさの
ちっぽけな明かりが見えた。
でもそこに行くのは怖かったので、歩き続けた。

それから窓ガラスを打つ雨の音で目を覚ます。
窓のそばには花瓶の花がある。
コーヒーの匂いと、まるで長いあいだ留守にしていた
人みたいな仕草で、髪に手をやっている君の姿。
でもテーブルの下の君の足元にはパンのかけらが

落ちていて、床の隙間から出てきた蟻が列をなして
行ったり来たりしている。
君はもう微笑むのをやめている。

今朝はひとつ頼みがあるんだ。カーテンを閉めて
　ベッドにおいでよ。
コーヒーのことなんか忘れてさ。僕らはどこか外国にいて
恋に落ちている、というふりをしようよ。

The Road

怖い

家の前にパトカーが停まるのを目にするのが怖い
夜に眠りに落ちるのが怖い
眠れないのが怖い
過去が起き上がってくるのが怖い
現在が飛び去っていくのが怖い
真夜中に鳴り始める電話のベルが怖い
激しい雷雨が怖い
頬にしみのある掃除女が怖い！
嚙まないから大丈夫といわれた犬が怖い
不安が怖い！
死んだ友人の身元確認をするのが怖い
お金がなくなってしまうのが怖い
あり過ぎることが怖い（誰も信じてはくれないだろうが）

心理テストによる性格特性図が怖い
遅刻するのも怖いし、自分が誰よりも先にそこに行くのも怖い
封筒に書かれた自分の子供たちの手書きの字が怖い
子供たちが自分より先に死んで、それで罪悪感を覚えることが怖い
年老いた母親と、そして年老いた自分が、一緒に住むのが怖い
混乱が怖い
不幸な余韻を残して今日という日が終わるのが怖い
目が覚めたら君がいなかったというのが怖い
愛せなくなることが、十分に愛せなくなることが怖い
私の愛するものが、私の愛する人たちにとってこのさき命とりになることが怖い
死が怖い
長く生き過ぎることが怖い
死が怖い
　これはもう言ったね。

ロマンティシズム

ここでは夜空はすごくぼんやりしている。
でも月が満月であれば、僕らにはそれがわかる。
僕らはひとときにひとつのことを感じる。
またべつのことを次のときに感じる。

（「クラシシズム」を読んだあと、
リンダ・グレッグに捧げる）

Romanticism

灰皿

たとえばあなたはこの灰皿と、ひとりの
男とひとりの女について、短篇小説を書
くことはできる。しかしその男と女が
常にあなたの小説の中の二本の柱である。
北極と南極である。どのような
小説もこの二本の柱を持っている――男と女だ。
A・P・チェーホフ

彼女の友だちのアパート、台所のテーブルに
二人きりでむかいあっている。これから一時間邪魔は入らない。
友だちが戻るのはそのあとだ。外は雨――
まるで針のような雨が降っている。先週の雪を
溶かしながら。二人は煙草を吸い灰皿を使う……あるいは

煙草を吸うのはどちらかひとりか……男が吸っている！　でもそれはまあどちらでもいい。とにかくその灰皿は吸いがらと灰とでいっぱいになっている。

女は今にもわっと泣き出しそう。それこそ縋りつかんばかり。誇り高く、これまで他人に頭を下げたことなんて一度もないのに。今から何が起こるのか、彼にはわかる――女が胸のロケット（母親の形見だ）に手をやり、語る言葉のつっかえの中に、兆候がほの見える。男は椅子を引いて立ちあがり、窓のそばに行く……今が明日で、ここが競馬場だったらいいのにな。あるいは傘をさして散歩してるところだったらな……口髭を撫でながら、ここじゃないどこかにいたいと男は思う。でも選り好みできる立場じゃないしな。何はともあれここはひとつ、やりすごすしかないよな。やれやれまったく、こんな事態になるはずじゃなかったのに。でも今が正念場だぞ。用心しないと彼女の友だちの方まで失いかねない。

女の息づかいが遅くなる。じっと男を見ているが無言。これから何が起こるか、女にはわかる、あるいはわかっているつもりでいる。女は片手を目の前にやり、やがてうつむきになって、両手で頭を抱えこむ。同じことを前にも何度かやっているのだが、その動作が男の神経を逆なでしていることに気づいていない。彼は顔を背けて、苛立たしげに歯ぎしりする。煙草に火をつけ、マッチを振って消し、窓の前からまだ離れようとしない。

それでもやっとテーブルに戻り、溜息をつきながら腰を下ろす。マッチを灰皿に落とす。

彼女は男の方に手を伸ばす。男は黙って自分の手を取らせる。べつにいいだろう。大丈夫、好きにさせるさ。こっちは腹を決めているんだから。女は男の指を口づけで覆う。男の手首は涙で濡れる。

男は煙草の煙を吸い込み、女を見る。まるで雲やら樹やら、夕暮れに染まったオート麦の畑を見やるときのような無関心な目で。彼は煙に目を細める。そしてときおりその灰皿を使う。女が泣き止むのを待ちながら。

今でもやはりナンバーワンを求めているんだ

君は五日間どこかに出かけていて、
僕は好きなところで好きなだけ煙草が吸える。
丸パンを作りジャムや脂身たっぷりベーコンと一緒に
食べたりもできる。ただごろごろと、気ままに
時間を潰す。気の向くままに海岸を散歩したりする。
気の向くままにひとりで若いころのことを思いだす。当時
理不尽なまでに僕を愛してくれた人たち。
僕もその人たちを他の誰よりも愛したんだ。
一人だけは別だけど。さあ、君がいないあいだに僕は
やりたいことを全部しっかりやっちゃうぞ！
でもひとつだけ僕がやらないことがある。
君のいないあいだ僕は二人のベッドでは眠らない。
本当に。そういう気持ちになれないんだな。

僕は自分が眠りたいところで寝ちゃう――
君がそばにいなくて、いつものように君を抱くことができないときに
僕がいちばんぐっすり眠れるところでね。
それは僕の書斎のおんぼろのソファだよ。

Still Looking Out For Number One

水と水とが出会うところ

僕は小川と、それが奏でる音楽が好きだ。
小川になる前の、湿原や草地を縫って流れる
細い水流が好きだ。
そのこっそりと密やかなところがすごく
気に入っているんだ。そうそう
水源のことを忘れちゃいけない！
源の泉くらい素晴らしいものがほかにあるだろうか？
とはいってもちゃんとした川だってやはり捨てがたい。
川が大きな河に流れこむ場所や
河が海と合流する広い河口。
水と水とが出会うところ。
そんな場所は僕の中でいわば
聖域のように際だっている。

でも海をまさに目前にした河の素晴らしさったらないな。
僕はそういう河を、ほかの男たちが馬やら
魅惑的な肉体の女を愛するように愛している。僕はこの
冷たくて速い水の流れにひきつけられるのだ。
それを見ているだけで僕の血は騒ぎ
肌がぞくぞくとする。何時間じっと眺めていたって
飽きることはない。
ひとつとして同じ川はない。
僕は今日で四十五になった。
三十五だったこともあるんだよと言って
誰か信じてくれるだろうか？
三十五のとき、僕の心はからっぽで干からびていたよ！
それがもう一度流れ始めるまでに
五年の歳月がかかった。
今日の午後は心ゆくまで時間をとろう。
この河辺の家をあとにする前に。

河を愛するっていいものだ。
ずっと水源に至るまで
そっくり好きだなんてね。
自分を膨らませてくれるものがそっくり好きだなんてね。

Where Water Comes Together With Other Water

II

ハッピネス

まだ朝は早いので、外はほとんど真っ暗。
僕はコーヒーと、そしていつも早朝に
心をよぎる、思いとも言えないようなものと一緒に
窓辺に立っている。
すると、少年とその友だちが
新聞を配達するために
道を歩いてくるのが見える。
セーターと帽子という恰好、
一人の子供が肩から袋をかけている。
なにしろ、ものすごく幸福で
口もきけないくらいなのだ、その子供たちは。
できるものなら、腕を組みたいくらいじゃないかな
と僕は思う。

朝はまだこんなに早くて、
おまけに肩を並べて仕事をしているのだ。
二人はゆっくりと、やってくる。
空は光に染まっていく。
海の上にはまだ白い月がかかってはいるけれど。
この美しさには、死や野心や、いや
愛だって、しばしのあいだは
つけこむ余地がない。
ハッピネス。それは予想もしないときに
やってくるものだ。そして早朝の会話に
語られたあとでも、それはまだ続いている、ほんとに。

Happiness

昔のこと

うちに電話をかけてくる前
君はテレビの前でうたた寝していたが
まだベッドに入ってはいなかった。僕は寝ていたか、
あるいはほとんど寝かかっていた。そこにベルが鳴った。
君は自分が開いたパーティーのことを僕に
話したかったのだ。君も来られればよかったんだけれどね。
なんだか昔を思わせるしろものだったな、
と言って君は笑った。
ディナーは災厄だった。
テーブルに料理が出てくるころには
全員がぐでんぐでん。みんな上機嫌で、
楽しく調子よく盛り上がって
いたんだけれど、誰かが別の誰かの婚約者を

二階に連れていったものだから、
やっこさんナイフを持ち出した。

でも君は階段を上ろうとする
その男の前に立って、
落ち着くように言い聞かせた。
すんでのところで惨事は免れたというわけさ、
と君は言ってまた笑った。
そのあとで起こったことを
君はほとんど覚えていなかった。
人々はみんなコートを着て
帰っていった。君はテレビの前で
しばらく寝入ってしまった
みたいだった。
というのは、君が目を覚ましたとき
それは君にむかって、おい酒をよこせと

がなりたてていたから。
とにかく君はピッツバーグにいて、
僕は国の反対側にある
この小さな町に暮らしている。共通の知り合いの
ほとんどは今ではもう僕らの人生からさっぱりと姿を消してしまった。
君は僕に電話をかけて、ちょっと話をしたかった。
僕のことやら、昔の出来事やらを
あれこれ思いだしていたということ。
僕に会いたいっていうこと。

そのとき僕は昔のことをふと思いだした。
当時の電話はベルが鳴るたびに
ぴょんと飛び上がったものだよな。
そして、明け方にうちにやってきて
恐れおののきながら
ドアをどんどんと叩いた人たちのこと。

こっちの心の怯えについては言うまでもない。
僕はそのことを思いだす。そしてこってりしたディナーのこと。
ナイフがあたりにごろごろしていて、
それがトラブルのもと。夜眠るときに、
ずっとこのまま目が覚めなければなと思ったこと。

好きだよ、兄弟《ブロ》、と君は言った。
それから僕らはふたりでちょっと涙声に
なってしまう。僕は親友の腕を握るみたいに
受話器をぎゅっと握った。
そして相手の身体をこの腕で抱くことができたら
どんなにいいだろうと君のぶんまで願った。
好きだよ、ブロ。
僕はそう言った。そして僕らは電話を切った。

サクラメントの僕らの最初の家

今だからわかることだけれど――そのときにはもう
僕らの破綻は時間の問題だった。あかの他人の家財道具が
残されたままのその家で一週間ばかり
生活したあとで、ひとりの男がある夜
野球バットを手に姿をみせた。そしてそれを振りあげた。
おいそれ、人ちがいだよ、と僕は言った。
最後にはなんとか相手も僕の説明を信じてくれた。
怒りがおさまると、男はフラストレーションから
しくしく泣きはじめた。泣くといってもビートルズ狂《マニア》とは
まったく関係なし。次の週にはバーで僕らが飲んだくれて
いるときに知りあった連中が、そのまた友だちを
何人か連れてうちに遊びにきた。
そしてポーカーをやった。僕は知らない男に

食費を巻きあげられた。やがてその男は奥さんと
口論になり、フラストレーションから
台所の壁を拳固で打ち抜いてしまった。
そしてこの男もまた、僕の人生から永遠に姿を消してしまった。
けっきょく何もかもがうまくいかなくなってその家を
出ていくとき、僕らはUホールのトレイラーに
ランタンをひとつもって、真夜中に出発した。
どこかの一家が真夜中に引っ越していくのを
目にした近所の人たちはいったい
何を思ったことだろう?
カーテンのない窓の向こうで動く
ランタン。部屋から部屋へとまわって
所持品を箱に詰めていくいくつかの人影。
フラストレーションが人に何をなすのか
僕はじかに目にしたのだ。
それは彼をしくしくと泣かせ、あるいは拳固で壁を

打ち抜かせる。長い旅の終点にある
自分の家というものを
彼に夢見させる。音楽と安らぎと
温かき心に満ちた家を。
誰の手垢もついていない家を。

（訳注）「Uホール」は引越しトラック専門のレンタカー会社

Our First House In Sacramento

来年

サンタ・バーバラでの最初の一週間はどん底というほど
でもなかった。二週間めに彼は酔っ払って床で頭を
打った。それも講義の直前にだ。
その二週間めには彼女はクラブで歌手の手から
マイクをもぎ取って、お気に入りのトーチ・ソングを勝手に
歌った。それからダンスをした。それからテーブルの上に
ばたん。それでもまだどん底じゃない。その週に
二人は拘置所に放り込まれた。彼は運転をしていなかったから
調書を取られ、パジャマに着替えさせられて
デトックスに入れられただけ。そこで寝てろと言われた。
奥さんのことは朝でいいからと。
しかしドアも閉めさせてくれないのに
どうして眠れるものか？

廊下の緑色の明かりも入ってくるし
どこかの男がしくしく泣いているし。
彼の奥さんは真夜中に道端で
アルファベットを暗誦させられていた。
これだけでもずいぶん奇妙な話だ。でも警官たちは彼女に
目を閉じて、片足で立って、
人差し指で自分の鼻を触りなさいと言った。
彼女はどれひとつとしてできなかった。
逮捕に抵抗したということで彼女は豚箱入り。
彼はデトックスを出ると保釈金を払って彼女を出してやった。
二人は車を運転して、もうよれよれの状態で家に戻った。
これでもまだどん底まではいかない。二人の娘はよりによってちょうど
その夜に家出をしていた。書き置きにはこうあった。
「二人とも頭がいかれてる。もうとても、やっていられない。
私の行方を探したりしないで」
これでもまだどん底じゃなかった。二人は自分たちは

ちゃんとまともな人間なんだとずっと考えつづけた。
まともな人間としての名前を持ちつづけ、
まともな人間としての名前を持った人どうしで寝ていた。
終わりを持たない、始まりのない夜。
過去について、まるでそれが本当に起こったみたいに語りつづけた。
来年の今ごろには
来年の今ごろにはきっとものごとは好転するさと
自分たちにせっせと言い聞かせていた。

（訳注）「デトックス」は酔っ払いが正気に戻るまで入れておかれる部屋

Next Year

私の娘に

私が目にするものはすべて私より長生きするだろう。
アンナ・アフマートヴァ

お前に呪いをかけるにはもう遅すぎるな――イェーツみたいに
じぶんの娘が不器量になってくれと願うには。僕らがその娘に
スライゴで会った時、彼女は自分の絵を売っていたのだが、呪いはちゃんと
かなっていた。なにしろアイルランドでいちばん不器量なとびっきりの婆さんだった。
でも彼女は安全だった。
ずっと長いあいだ私は、イェーツの言う理屈が
ぴんとこなかった。でもとにかくお前についてはもう
遅すぎる。お前はもう大人だし、しっかり美しくなってしまった。
我が娘よ、お前は美しき酔っ払いである。
でも酔っ払いは酔っ払い。お前のことを思うと私の心が張り裂けるとは

言わないよ。いったんこの酒のことになると、私には心なんてないも同然。哀しいことだ、どれほど哀しいかは神のみぞ知る。シャイローと呼ばれるお前の亭主が町に帰ってきてまた酒浸りの暮らしが始まった。

もうこれで三日も飲み続けだとお前は言う。

私たちの血筋には飲酒は毒だということがよくわかっているだろうに。お母さんと私とでじゅうぶんすぎるくらいその見本を示しただろうに。愛しあう二人の人間がお互いをいたぶり情愛を、酒と一緒に一杯、また一杯と空にしていった、その呪詛と殴打と裏切りとを。

お前はどうかしてるぞ！　そんな見本ではまだじゅうぶんじゃないと言うのか？

お前は死にたいのかい？　そういうことなんだろうな、たぶん。

お前のことがわかっているようで、私にはわからない。

冗談で言ってるんじゃない。冗談ごとじゃないんだぞ。

お前は酒なんか飲んでいちゃいけない。

最近何度か会ったときは酒をやめていたじゃないか。

お前の鎖骨のギプス、あるいはまた
指の副木、お前の美しい目のまわりのあざを隠すための
サングラス。お前の唇は男に口づけされるためのもので
裂かれるためのものじゃない。
ああジーザス、ジーザス、ジーザス・クライスト！
なんとかたて直さなくちゃいけないよ。
聞いているのかい？　目を覚ますんだ！　酒をきっぱり断って
まともになるんだ。馬鹿な真似はよすんだ。お願いだ。
オーケー、お願いじゃなく、命令だ。たしかにうちの家族はみんな蓄財よりは
散財に精を出すようにできている。でもそれを逆転させなくちゃ。
そんなこと続けているわけにはいかない——わかりきったことだよ！
娘よ、酒を飲んではいけない。
お前は殺されてしまうんだぞ。お母さんや、私が殺されたのと同じように。
それと同じように。

To My Daughter

呪われたもの

家族じゅうが病んでいた。
妻も、私自身も、二人の子供たちも、そして犬も。
生まれた小犬たちはみんな死んでいた。
我々の情事（と呼べるかどうか）も尻すぼみだった。
女房は愛人に捨てられた。
相手は片腕の音楽教師で
その男が、彼女の頭の中にあるものと外の世界とを結ぶ
唯一の存在だった。
僕の相手の女の方も、もうこんなのに耐えられないと言って
亭主のところに戻っていってしまった。
水道も止められてしまった。
夏のあいだ、家はもう焼けるみたいに暑かった。
桃の木は枯れてしまった。

我々のささやかな花壇は踏みにじられたままだ。車のブレーキが効かなくなり、バッテリーは駄目になった。近所の人々は僕らと口をきかなくなり訪ねていってもばたんと門前払い。支払いの小切手は残高不足で戻ってくるし、郵便物もとうとう配達されなくなってしまった。ただ保安官だけがときどきやってきた――子供たちはどこでもいいから子供たちのどちらかを後部席に乗せてここじゃないところに引き取ってもらいたいと泣きついていた。それから鼠たちがぞろぞろと群をなして家の中に入ってきた。そしてその後から大蛇がやってきた。そいつが居間の壊れたテレビの隣で日なたぼっこをしているのを女房が見つけた。彼女がそれをどう始末したか、これはすごい話だ。彼女はその場で蛇の頭をちょんぎったのだ。

そしてまだからだが動いているのを見てそれをふたつに
ちょんぎった。僕らはどう見てもこれ以上は
持ちこたえられなかった。もうお手上げだ。
僕らは床に跪いて
罪を悔い、自分たちの生活を
悔いたかった。でももう手遅れだ。
遅すぎる。誰も僕らの言うことなんか聞いちゃくれない。
僕らは自分たちの家が引き倒され、地面がならされるのを
見ていなくちゃならなかった。そしてそれから
みんなばらばらに四方に散っていった。

エネルギー

昨夜、ブレインの近くに住む娘の家で
彼女はわたしに向かってなんとかうまく
説明しようとした。
わたしと彼女の母親とのあいだがうまくいかなかったわけを。
「エネルギーよ。あなたたち二人のエネルギーはぜんぜん見当ちがいだった」
彼女は母親にそっくりだ。
母親の若かったころに。
笑い方も同じだし、
額にかかった髪のはらいかただって
母親にそっくり。
三口で煙草をフィルターのところまで
吸ってしまうのも母親と
瓜ふたつ。この訪問は楽勝だと

わたしは思っていた。とんでもない。
こいつはきついぜ、ブラザー。眠ろうとすると
それらの歳月がわたしの眠りの中にどんどん
こぼれ落ちてくる。目を覚ますと灰皿には煙草が
千本あって、家中の電灯がなにしろ
こうこうとついている。適当にわかった顔してること
なんてとてもできない。
今日わたしは三千マイルかなたにいる女の
愛する腕の中に運ばれようとしている。そしてその女は
彼女の母親じゃない。違う。彼女の母親は
新しい愛のはずみ車に捉えられている。
わたしは最後の明かりを消して
ドアを閉める。
何かはわからない大昔のものごとの方へと動いていく。
それは鎖をあやつって
我々をほんとうに容赦なくひきずっていくのだ。

鍵がかかってしまって、うちの中に入れない

ちょっと外に出て、うっかりドアを
閉めてしまう。これはまずいと
はっと思ったときにはもう
手遅れ。そういうのってまるで人生そのものだと
あなたが思ったら、いやまさにそのとおり。

雨が降っていた。鍵を持っている隣人は
どこかに出かけていた。わたしは下の方の窓を
何度も何度も開けようとためしてみた。中にある
ソファや植木やテーブルと椅子
ステレオ装置なんかをじっと見ていた。
わたしのコーヒーカップやら灰皿なんかが
ガラスのテーブルの上で待っているのを見ると

心がそっちに引かれていく。わたしは言う、「よう親友たち」
とかなんとか。考えてみれば
こういうのも悪くない。
もっとひどいことだって経験した。これはまだ
愛嬌のあるほうだ。わたしは梯子をみつける。
それを持ってきて家にたてかけた。
そして雨の中を二階のベランダまで登り
手すりを乗り越えて
そこのドアをためしてみた。でもそれはもちろん
ロックされていた。それでもやっぱり
自分の机や原稿や椅子なんかをじっとのぞき込む。
これは机に向かい合っている窓で
机に座っているときにわたしがふと目をあげて
そこから外を眺める窓なのだ。
これは一階のときとは感じが違うな、とわたしは思う。
これはちょっと別のものだ。

こんな風にベランダから誰にも見られずにのぞき込むのは
ちょっとしたものだ。その内側にいるべきわたしは、そこにいない。
その気持ちはとても言い表わせそうにない。
わたしはガラスに顔を寄せた。
そして中にいる自分を想像してみた。
机に向かっている自分を。ときどき原稿から
ちょっと顔をあげる。
どこか別の場所や、いつか別の時のことを
考えている。
その当時にわたしが愛していた人たちのことを。

雨の中でわたしはしばらくそこに立っていた。
自分くらい幸福な人間はいないなと思いながら。
たとえ哀しみの波が身体を通り抜けても。
たとえその頃にわたしが他人に与えた傷を
身悶えせんばかりに悔やんだとしても。

わたしはその美しい窓をうち壊した。
そして中に戻った。

Locking Yourself Out, Then Trying To Get Back In

医　療

わたしが医療についてもっている知識といえば
エルパソにいたときに、酔っ払いでドラッグをやっていた
ともだちの医者から受けたものだけ。わたしが東部に移るまで
我々は親しい友だちだった。生まれてこの方わたしは
病気ひとつしたことないと言っていい。
でも肩のところに何かができて
それがだんだん大きくなっている。
皮脂嚢胞《ウエン》だと思う。言葉の響きはいいのだが
実物は好きじゃない。それがとりあえず
何であれ。夜遅くに歯が痛んで
そして電話のベルが鳴る。身体の具合が悪くて
不幸で独りぼっち。神様！
君のその覚束ないナイフがほしいんだ、

ドク。君の手がほしいんだ、親友。

ウエナス尾根

季節が変わりゆく。記憶が燃え上がる。
その秋に僕ら三人。若きならずもの――
万引きに、ホイールキャップのかっ払い。
与太者たちだ。ディック・ミラー、もうこの世にいない。
ライル・ルソー、フォード代理店の息子。
そしてこの僕、女の子を妊娠させたところ。
その輝かしき一日、夕方近くまで
雷鳥撃ちをやった。鹿の踏みわけ道をたどり、
下生えに踏みいり、倒木をまたぐ。何かを摑んでからだを支える。

ウエナス尾根のてっぺんで
松林を抜けると、風がびゅうびゅうと音を立てる
切りたった峡谷の下の方に、川を見ることができた。

こんな充実感、人生にもう二度とないよなと思った。
でも人生はまるごと僕の前に控えていたのだ。スイッチバックみたいに。

鷹や鹿やアライグマなんかは見かけてもやり過ごす。
六羽の雷鳥を仕留めたところで、やめにしておけばよかった。
でもやめなかった。もう制限はこえていたのだけど。

ライルと僕はディック・ミラーの五十フィートくらい上を登っていた。ミラーが「うわあああ！」と叫んだ。それからぎゃあぎゃあとわめきちらした。見下ろして、僕の脚はすくんだ。むっくりとした黒い蛇がかま首をもたげて、「歌って」いたのだ。その歌いぶりときたら！　僕の手首くらい太いがらがら蛇。そいつはミラーに噛みかかったが、狙いは外れた。ミラーは痺れたみたいに、そこですくみあがっていた。叫んだりわめいたりできても銃を撃つどころじゃない。やがて蛇は身を沈めて見えなくなり岩の下に消えた。もう降りたほうがよさそうということになり、僕らは同じ要領で引き返す。
木立を手探りで這い抜け、倒木をまたぎ、
下生えに踏みいった。今では木々の影が、昼間の熱をたたえた
平らな岩の上に落ちていた。そして蛇たちがいた。
僕の心臓は凍りついた。それからまた動きだした。
僕の髪は逆立った。それは僕の人生が僕のために
準備していた一瞬。そして僕には心の準備ができていなかった。

僕らはとにかく下り始めた。イエス様、僕をここから抜け出させてください
と僕は祈った。僕はもう一度あなたのことを信じて
常に敬います。でもあのかま首をもたげた蛇の姿が
僕の頭からイエス様を押しだしてしまった。
あの「歌」。俺の存在を信じてろよ、と蛇は言った。
また戻って来るからな。その日に、僕はあいまいにして犯罪的な
契約を結んだのだ。僕はイエス様に祈ったのだけれど、
次の瞬間には僕は蛇に祈った。結局のところ僕にとっては

蛇の方がよりリアルだった。その日の思い出は
今となってはふくらはぎへの一打のようなもの。

僕はそこを、抜け出すことは抜け出した。でも何かが起こった。
愛する娘と結婚したというのに、僕は彼女の人生を駄目にした。
偽りが僕の心にとぐろを巻き、そこを根城とするようになった。
暗やみと、そのねじくれた様にすっかり慣れてしまった。
それからずっと、僕はがらがら蛇が怖かった。
イエス様に対しては二つに引き裂かれた気持ちを抱いていた。
でも誰かに、何かに、この責任はあるんだ。
今も、昔と同じく。

Wenas Ridge

読　書

すべての人の人生は謎だ。たとえそれが僕の人生であれ
あなたの人生であれ。思い浮かべて欲しい、
窓からジュネーヴ湖が一望のもとに見渡せる
シャトーのことを。晴れた温かな日には
その窓の中には一人の男がいて
なにしろ読書に没頭しているので顔も
上げない。せいぜい指で読みかけの部分を
挟んで、ちょっと目を上げ、湖水の向こうに
見えるモンブランをちらりと眺め
その遥か向こう、ワシントン州シーラーに目を向ける。
シーラーで彼は一人の娘と一緒にいて
生まれて初めて酔っ払う。
意識を失う前に、彼が最後に覚えて

いるのは、その娘が彼に唾を吐きかけるところ。
彼はそれからずっと飲み続け
ずっと唾を吐きかけられ続ける。
でもこんな風に言う人もいるだろう。
苦労が人間をきたえるんじゃないかと。
何を思おうと、まあそれは人の自由だ。
いずれにせよ男は
読書に戻り、自分の母親のことで罪悪感を
感じるのをやめようと思う。
自らの哀しみの舟に乗ってふらふらと彷徨う母親。
子供たちやら、次から次へと持ち上がる
彼らのトラブルについて考えるのもやめよう。
そしてまた彼は、かつて自分が愛した澄んだ瞳の
ひとりの女のことも、また彼女が東方の宗教
にも敗れてしまったことも、もう考えまいとする。
彼女の嘆きには始まりもなく、終わりもないのだ。

このシャトーに、あるいはシーラーにいる誰でもいいが
日がな一日窓際に座って、まるで「読書する男」という題の
絵みたいな格好で本を読んでいるその男と
自分は同類だと主張するような、
まるで絵の中に出てきそうなその読書する姿に、
親近感を覚えるという人がいたら名乗り出てもらおう。
太陽にも名乗り出てもらおう。
その男自身にも名乗り出てもらおうじゃないか。
こいつはいったい何を読んでいるんだ。

Reading

雨

今朝目が覚めて僕はいちにち
ベッドの中にいて本を読んでいたいという激しい思いに
駆られた。しばらくその思いと闘っていた。

それから窓の外を見ると雨が降っていた。
そして僕はあきらめる。この雨の朝の
手中に全身を委ねてしまう。

僕は生まれ変わっても同じ人生を繰り返すだろうか？
許されることのない同じ過ちをまた犯すだろうか？
イエス、ちょっとしたきっかけさえあれば。イエス。

Rain

お金

法律のこっち側で生きて
いくことを可能にするために。
いつもまっとうに自分の本名と
電話番号を使えるように。友だちのために
保釈保証人になって、もしその友だちが
姿を消しても涼しい顔をしていられるために。
(正直なところ、彼女が消えちゃってくれればと思う)
彼の母親に幾ばくかの金を
与えるために。そして彼の子供たちと
その子供たちの母親にも。
貯金なんてしない、彼としては
金があるうちに、そっくり全部使ってしまいたい。
それで服を買ってしまう。

家賃を払い、公共料金を払ってしまう。
食品やらなにやらも買い込む。
外食したけりゃいくらでもする。
メニューにある好きなものを
注文していいのだ！
やりたければドラッグだって買える。
車も買う。それがもし故障したら
修理に出そう。あるいは
新しく別のを買うか。あのヨットを
見てごらん。ああいうやつを彼は
ひとつ買うかもしれない。そして
連れ合いを求めてホーン岬の
沖をまわるんだ。彼はポルト・アレグレに
女を一人知っている。彼が自家用ヨットの
総帆を張ってさっそうと港に姿を現わしたら、
その娘はきっと喜ぶだろう。

ヨットではるばるここまで
彼女に会いにやってくるなんて、
ちょっとしたもの。それというのも彼がその娘の
笑い声が好きだったから。
髪の揺らせ方が好きだったから。

Money

ポプラ

一人ぼっちでいる青年を思い浮かべていただきたい。
数滴の雨粒が窓ガラスをつたったときに
彼は書き始めた。
彼は安アパートに鼠たちを伴侶として住んでいた。
私は彼の勇気を愛した。

ちょっと先の部屋では誰かが
一日中セゴビアのレコードを聴いていた。
彼は部屋から一歩も出なかったが、誰もそれに文句はつけられない。
夜にはもう一人がタイプを叩く音も
聞こえてきて、それで心が和んだ。

文学と音楽。

誰もがスペインの騎士たちと
中庭を夢見た。
祭礼の行列。儀式、そして
光輝。

ポプラの木。
雨がつづき、水があふれた日々。
木の葉はとうとう地面に打ちつけられた。
わたしの心の中の、嵐が照らし出す
この大地の一画。

Aspens

III

少なくとも

僕はもういちにち早起きをしたいと思う、
夜明け前に。鳥が起きだすより、さらに早く。
冷たい水で顔をさっと洗って
仕事机に向かいたい。
だんだん空が白み、まわりの
家々の煙突から煙がたちのぼり
始めるころに。
岩だらけのこの海岸に波が打ち寄せるところを
見てみたい。一晩じゅう眠りの中で
それを聞かされるだけじゃなくて。
海峡を抜けていく、世界じゅうの海洋国から
やってきた船をまた眺めたい。
やっと動いているような古くて汚い貨物船、

あるいは実に色とりどりに塗装されて
水面を割って進んでいく、
スピードの出る新式の荷物運搬船が。
僕はそれらがやってくるのを見張っていたい。
それから、灯台の近くにある水先案内人の
ステーションと船とのあいだの海面を行き来する
小さなボートを眺めていたい。ボートが一人の男を
船から降ろし、別の男を乗船させるところを見たい。
僕は一日を潰して、これが起こるところを見たい。
そして僕自身の結論に達するのだ。
欲が深いと思われたくない——僕は既に
感謝しなくてはならないことをいっぱい手にしている。
でも僕はもういちにちだけ早起きをしたいのだ、少なくとも。
そしてコーヒーを持って自分の場所に行って、そして待つのだ。
ただ待つのだ、これから何が起こるのか見届けるべく。

補助金

こうやっているか、それとも
友人のモリスと山猫撃ちに行くか、どちらか。
今朝の六時に詩を書こうと頭を
捻っているか、あるいはライフルを
手に猟犬たちのあとを
走っているか。
心臓がその檻の中で跳びはねる。
僕は四十五歳だ。そして無職。
この生活の贅沢ぶりを想像してみて欲しい。
ひとつ想像していただきたい。
彼がもし明日行くとしたら、僕は一緒に
行くかもしれない。行かないかもしれないけど。

The Grant

僕のヨット

僕のヨットは注文製作されている。あと少しで引き渡しというところ。もうマリーナにとびっきりの場所を確保してある。そのヨットにはたっぷり全員のための余裕がある。リチャード、ビル、チャック、トビー、ジム、ヘイドン、ゲイリー、ジョージ、ハロルド、ドン、ディック、スコット、ジェフリー、ジャック、ポール、ジェイ、モリス、そしてアルフレド。友だち全員だ！　みんなみんなのことを知っている。

もちろんテス、彼女抜きではどこにも行かないぞ。そしてクリスティナ、メリー、キャサリン、ダイアン、サリー、アニック、パット、ジュディス、スージー、リン、シンディー、ジーン、モナ。ダグとエイミー！　彼らは身内だけれど、同時に友だちでもあるし、また楽しいことが大好きときている。僕のヨットにはちょうど全員のためのスペースがある。真剣に言っているんだよ、これは！

全員の小説《ストーリー》のための場所が船上にはあるだろう。
僕自身のものにも、そしてまた友人たちのものにも。
短篇小説、そしてもっともっと長いやつ。実話やら
作り話やら。もう完成したものやら、書かれている
最中のものやら。
詩だってある！　叙情詩から、もっと長くて暗い物語り的なものまで。
画家の友だちのために、僕のヨットの上には絵の具やキャンバスだってちゃんと
積み込まれているだろう。
フライド・チキンも、ランチョン・ミートも、チーズやロールパンも、
フランスパンも。友人たちと僕の好物はみんなしっかり揃っている。
果物が欲しいなという人のために、大きなフルーツのバスケットもある。
あいつのヨットの上で林檎とか葡萄とかを食べたんだよと、誰かが
あとで吹聴できるように。僕の友人たちが求めるものなら、
なんだってそこにはあるんだ。ありとあらゆる清涼飲料。
ビール、ワインだってあるよ。僕のヨットの上には、ないものは
ないのだよ。

日当たりのいいハーバーに入って、みんなでわいわいやるというのがいいね。
ただただ盛大に楽しくやろう。詰まらないことは考えないでね。
誰かを出し抜いたり誰かに置いていかれたり、とかそんなことは。
釣りをしたくなった人のためには釣り竿もあるぞ。魚はいくらでもいるよ！
僕らはヨットを少し外に出して走らせることもできる。
でも危ないことなんてないし、目の色を変えることもない。
愉快にやるのがいちばん、ひやひやしたくはない。
僕のヨットの上で、僕らは食べ、飲み、そして大笑いする。
僕はいつも思っていた。こんな航海を一度でいいからやってみたいなと。
友人たちと、僕のヨットで。音楽が聴きたければ
僕らはCBCでシューマンを聴くだろう。
もしそれがぴったりと来なくても大丈夫、
KRABに変えればいい。ザ・フーだとかザ・ローリングストーンズだとか。
僕の友人たちが幸せになれるならなんだって！　あるいは一人ひとりに自分の
ラジオが配られたりもするのだ、僕のヨットの上では。なにはともあれ、
僕らはおおいに盛り上がるだろう。人々は楽しんで

やりたいことを好きにやるだろう。僕のヨットの上では。

My Boat

僕が書かなかった詩

以前書きかけたのだけれど、
書かなかった詩がここにある。
それというのも君がもそもそと動く音が聞こえたからだ。
僕はそのときチューリヒでの最初の朝の
ことをもう一度思い返していた。
夜明け前に僕らが目覚めたときのことを。
一瞬そこがどこだかわからなかった。でも
バルコニーに出ると、そこからは河と旧市街が見渡せる。
そして言葉もなく、ただそこにじっと立ちすくむ。
まっ裸で。空が白んでいくのを見守る。
胸がすごくどきどきして、幸福だ。僕らは
なんだか今の今、
ひょいとそこに置かれたみたいだ。

The Poem I Didn't Write

仕　事

ジョン・ガードナーに（一九八二年九月十四日没）

仕事を愛する心。そこでは血が
歌っている。その見事な高まりが仕事へと
注がれる。一人の男が言う、
私は働いていると。あるいは私は今日働いたと。
あるいはそれをうまく働かせようとつとめているんだと。
彼は一週間に七日働く。
そして朝、年若い妻に起こされる。
タイプライターにつっぷしているところを。
仕事の前の充足。
仕事のあとのめくるめく熟知。
ヘルメットの紐を締める。

オートバイにまたがり
家のことを思う。
そして仕事のことを。そうだ、仕事。持続する
ものにむけて、その営み。

Work

西暦二〇二〇年

そのころに僕らのうちの誰が生き残っているだろうか――
老いぼれて、目もろくに見えず、頭もぼけて――
でも死んでしまった友だちのことだけは話したい。
いつまでも際限なく話している。古い蛇口の水漏れみたいに。
そんなわけで、若い人たちは、
恐れ入りつつ、うるわしくも好奇心をそそられて、
その回想によって
心を揺さぶられることになるだろう。
あの名前、この名前、あるいは誰それと一緒に
何をやった、というようなことが口にされただけで
(もう死んでしまった高名な人物について
誰かが話すのを聞くとき、僕らが恐れ入りつつも
胸をわくわくさせたのとちょうど同じように)

僕らのうちの誰について彼らは
友人たちに向かって言うだろう？
あの人は誰それを知っていたんだよ。――――とは友だちでね、
一緒にあれこれやったんだってさ。
大きなパーティーがあってね、
みんながそこにいたんだ。みんなでお祝いをして
夜明けまでダンスした。互いの
身体に腕をまわして
太陽が上がるまでダンスした。
でもみんな死んでしまった。
僕らのうちの誰が、こんな風に言われるだろう？
あの人は彼らと知りあいだったんだよ、と。彼らと握手し
彼らを抱擁し、彼らの居心地のいい家で
一夜を過ごしたんだ。彼らのことを愛したんだ！

友よ、僕は君たちが好きだ。ほんとうに。

そして幸運にも、栄誉なことにも、
そのときまで永らえて、生き証人の役を担えたらいいなと思う。
信じてほしいけど、僕は君たちについて、ともに過ごした時について
最高だったことしか口にしないぞ！
生き残ったものたちには、楽しみのひとつくらい
あってしかるべきだ。年老いて、
全てを、みんなを亡くしていくんだものね。

In The Year 2020

天国の門のジャグラー

マイケル・チミノに

クリストファーソンが朝食をとっている汚いテーブルの後ろに窓があって、そこから十九世紀のワイオミング州スイートウォーターの町の通りが見える。通りではひとりのジャグラーがトップハットをかぶり、フロックコートを着て芸をやっている。痩せた小柄な男がスティックを三本、宙に舞わせている。それについてちょっと考えていただきたい。

このジャグラー。この頭脳と手先の驚くべき芸。

ジャグリングを職業《なりわい》とする男。

この時代には誰もが知るスターというか、あるいはガンファイターがいた。どう呼ぶにせよ、人を人とも思わないような男が。しかしまたジャグラーとは！ このすさまじいカフェの

中には青い煙が立ちこめている。そしてその汚いテーブルでは
二人の大の男が一人の女の将来について語っている。そして牧畜業組合の
何やらについて。
でも目はしょっちゅうジャグラーの方に向かってしまう。
そのささやかな見せ物に。とりあえず今は、エラの苦境とか
移民たちの運命とかよりは
このジャグラーの芸の方が重要なんだ。
どのようにして彼はこの道にはいったのか？　経歴は？
僕はそいつを知りたい。
銃をぶら下げてのし歩くことなら誰だってできる。あるいはどこかの
誰かに横恋慕することも。でもジャグリングしているとはねえ、
よりによって！　それに一生を捧げるのか。
そいつと道づれか。ジャグリングか。

The Juggler At Heaven's Gate

私の娘とアップルパイ

彼女はさっき焼けたばかりのそれを一切れ、
私に出してくれる。てっぺんの切れ目からは
小さな湯気が上がっている。砂糖と香料——
シナモンだ——がまわりの皮に焼きついている。
でも彼女は台所で朝の十時に——その
素晴らしい時刻に——
サングラスをかけている。
そして私がパイを割って
口に運んで
ぺろりと平らげるのを見ている。冬の
私の娘の台所。私はパイにフォークを刺しながら
余計な口は出すまいと自分にいい聞かせる。
彼女はその男のことを愛しているという。これ以上

悪くなりようもないよな。

My Daughter And Apple Pie

取引

けっこうなディナーだ。料理は文句ないし、
量もたっぷり。前々からいつも夢見て
いたようなやつ。そしてそいつは僕らが大事な話を
しているあいだ、繰りかえし繰りかえしやってきた。
いや、僕らがその話をしていないときにだって、
そいつはそこにちゃんといた――牡蠣の中に、仔羊肉の中に
ソースの中に、上等な白いリネンの中に、フォークや
ゴブレットの中に。そいつは僕に言った、ここにあんたの人生がある、楽しめよ、と。
こういう詩が書きたいがために僕は生きていたんだ！　それから
ぱっと燃え上がるデザートの中の酒精《スピリット》に出会うために――
炎が勢いよく立ち上がるが、それも
力つきたみたいに、すぐにしぼんでしまう。

そのあと家まで車を運転しながら、僕のあたまは食べ過ぎでぼおっとしている。まるで豚じゃないか！　今後あの男になんといわれても、まったくひとこともないよな。

ズボンを穿いたままでベッドカヴァーの上に寝てしまう。

しかしそれでも眠る前に狼たちについて、そして森の中の蒸し暑い一日について考えもする。

僕の生命は森の空き地の杭に縛りつけられている。

僕が肉づきのいい首をむき出しにするために首を曲げようとしても、まるで動くことができない。

僕にはエネルギーがないんだ。やつらに腹を狙わせろ、燃え上がる目を持った狼の兄弟たちに。

一晩のうちにここまで来てしまうとはね！

そうはいっても、僕は食べやめることができなかったんだ。

溺死した男の釣り竿

最初僕はそれを使いたくなかった。
でも思いなおした。いや、こいつは僕に
人生のコツを譲りわたし、幸運をもたらしてくれるだろうと。
当時僕はそういうものを必要としていたのだ。
だいいち彼は僕のためにそれを置いていったのだ。
俺が泳ぎにいってるあいだそれ使っていいぜって。
それから間もなく僕は二人の女と知り合った。
一人はオペラのファンでもう一人は
刑務所帰りの飲んだくれ。僕は一人と仲良くなって
酒ばかり飲んでは殴りあいの喧嘩。
この女の歌やら騒ぎ方といったらそりゃたいしたもので
僕らはどん底めがけてまっさかさま。

The Fishing Pole Of The Drowned Man

散歩

鉄道線路の上を散歩した。
線路に沿ってしばらく歩いて、
郊外の墓地のところで下におりた。
そこでは一人の男が二人の女房に挟まれて
眠っていた。エミリー・ヴァン・デア・ジー、
忠実なる妻にして母親、
はジョン・ヴァン・デア・ジーの右側に、
そして二人目のヴァン・デア・ジー夫人である、
やはり忠実なる妻のメアリは
その左側にいる。
最初にエミリーが亡くなり、次にメアリ、
それから数年後に、そのじいさんも亡くなった。
これらの婚姻から十一人の子供たちが生まれた。

彼らもまたみんな既に死んでしまったことだろう。
ここは静かな場所だ。散歩を一休みして
腰をおろし、近づいてくる自分の死に
備えるには恰好の場所だ。
でも僕にはわからない。ほんとうにわからない。
それが僕の人生であれ、誰の人生であれ、
僕がこの素晴らしい、苦労の多い人生について知っていることといえば、
僕はほどなく立ちあがり、
死んだ人々にすみかを提供しているこの驚くべき場所を
あとにするであろうということだけだ。この墓場を。
そして行ってしまう。まずレールの片側の上を歩き、
次にもう一方の上を歩いて。

A Walk

父さんの財布

自分の死について考えるようになるずっと前から、
死んだら両親のとなりに埋めてくれよと
父さんは言っていた。両親の死んだことが父さんには
とても辛かったのだ。
父さんは何度も繰り返して言っていたから
母さんも僕も
そのことはよく覚えていた。しかし
最後の息が肺を出て、命のしるしがまさに失せんとするとき
父さんは自分がそこに収まりたいと切望していた場所から
五百十二マイルも離れた町にいた。

そういうのが僕の父さん。死んでからも
落ち着きのない男。死んでからもまだもういっぺん

旅行するつもりなんだものな。
生まれついての放浪好きで、やれやれ
この期に及んでまだどこかに行こうとしている。

大丈夫です。おまかせ下さいと
葬儀屋は言う。ほの暗い光が
窓から射してほこりっぽい床に落ち
僕らはそこでじっと待っていた。その午後。
やがて男が裏手の部屋から出てきて
ゴム手袋を手から剝がした。
彼の体には防腐剤の臭いがついている。
大きな方でしたなあ、と葬儀屋は言った。
それから彼はこういう小さな町に住むっていいもんですよと
僕らに話し始める。
この男さっき父さんの血管を切開してきたばかりなのだ。
どれくらいお金かかるんでしょう？　と僕は訊ねる。

男はメモ帳と鉛筆を取り出して
書き始める。まずは処置費。
次に遺体の移送費があって、これが
一マイルにつき二十二セント。
私は往復せにゃならんから
その料金。それに加えて食事が、ええと、六回
モーテルに二泊。まだ計算はつづく。
時間料金と手間賃が二百十ドル追加。
しめてこれだけですな。

彼は値切られることを覚悟していた。
計算を終えて顔を上げると
両方の頬にひとつずつ小さな
赤みがさしていた。ほの暗い光が
ほこりっぽい床の同じほの暗い場所に

射していた。わかりましたというように
母さんはうなずいた。でも母さんには相手の言うことなんて
一言もわかっちゃいない。
父さんと二人で家を出たときから
何がどうなっているのか全然
わかっちゃいないのだ。わかっているのは
何はともあれお金がかかるらしいってことだけ。
母さんはハンドバッグから父さんの財布を
取り出す。その午後
小さな部屋の中に僕らが三人。
息づかいまで聞こえる。

僕らはしばしその財布を見つめる。
誰も何も言わない。
その財布からは生命の温もりがすっかり消えうせていた。
古くて、ほころびて、汚れていた。

でもそれは父さんの財布だった。母さんはそれを開けて
中をのぞき、金をひとつかみ取り出す。
このとんでもない最後の旅行のために消えるさだめの
その金を。

My Dad's Wallet

IV

彼に尋ねてくれ

いやいやながらも、僕の息子は
僕とともにモンパルナスの墓地の
鉄の扉を抜ける。
「なんでわざわざパリまで来てこんなところに！」
といいたそうな顔つきだ。じっさいにそう口にもした。
彼はフランス語が話せる。そして個人的にガイド役を
買ってでた門番の白髪の老人と
お喋りを始めていた。そのようにして僕らは、
三人で何列もつづくお墓に沿ってゆっくりと移動していく。
なんだか誰も彼もがここにいるみたいだ。

しんと静かで暑い。パリの通りの騒音も
ここまでは届かない。その門番は僕らを

潜水艦を発明した人物の墓に連れていこうとする。
それからモーリス・シュヴァリエの墓へと、そして二十八歳で死んだ
歌手のノニーの墓へ。そこは赤い薔薇の山で覆われている。

僕は作家たちの墓を見たい。
息子は溜息をつく。そんなもの見たくもないのだ。
もう沢山だ。退屈を通り越して
忍従の心境。ギイ・ド・モーパッサン、サルトル、サントブーヴ、
ゴーチエ、ゴンクール兄弟、ポール・ヴェルレーヌ、そして彼の兄貴ぶん
シャルル・ボードレール。その前で僕らはしばしば立ちどまる。

これらの名前は、あるいはこれらの墓はどれも
息子や門番のまっとうな生活とは関係ないものだ。
彼らは気持の良い太陽の下で、フランス語で
朝のお喋りをして冗談を言い合うことができる。
でもボードレールの墓石にはいくつかの名前が彫られていて

僕にはそれがどうしてなのかわからない。

シャルル・ボードレールの名前は彼の母親と義父とのあいだに挟まれている。彼にお金を貸し与え、死ぬまで彼のからだのことを心配していた母親と、彼が大嫌いで、向こうも彼のことが隅から隅まで何もかも大嫌いというやかましやの義父とのあいだに。

「おまえの友だちに尋ねてみてくれ」と僕は言い、彼は尋ねる。

息子と門番は今ではもう昔からの友だちみたいに見える。

そして二人でてきとうに僕に調子をあわせているみたいに。

門番は何かを言って、それから片方の手をもう一方に重ねる。そんな感じだ。それからもう一度それを繰りかえす。ひとつの手をもう片方の手の上に。にやっと笑って、肩をすくめる。

息子が翻訳する。でも僕には意味がわかる。

「サンドイッチみたいなものだよ、父さん」と息子は言う。「ボードレール・サンドイッチ」

それから僕らは先に進む。

門番はとくにどうでもいいという様子だ。

彼はパイプに火をつける。時計に目をやる。そろそろ昼御飯の時間なのだ。そしてワインも一杯。

「彼に尋ねてみてくれ」と僕は言う。「もし自分が死んだらここの墓地に葬られたいかどうか。いったいどこに葬られたいのかと」

息子はなんだって喋れる。

僕は墓（tombeau）とか死（mort）といった言葉が彼の口から出るのを聞き取ることができる。門番は歩を止める。

彼が何かほかのことを考えていたのは明らかだ。海面下での戦争。ミュージック・ホール、映画。食べ物のこと、ワインのこと。

自分が腐って消えていくことなんて、まさか。消滅することも、自分が死ぬことも頭にはない。

彼はかわりばんこに僕ら二人を見る。
いったい何を馬鹿なことを言っているんだ？　つまらない冗談？
彼は手を上げて、行ってしまう。
屋外カフェのテーブルを目指して。
そこまで行けば彼は帽子を脱ぎ、髪のあいだに
指を走らせることができる。笑い声や話し声が聞こえる。
ナイフやフォークの触れ合うちゃりんという重い音。グラスが
触れ合う音。窓を照らす太陽。
歩道を照らす太陽、木の葉の中の太陽。
太陽はまた彼のテーブルをも照らす。彼のグラス。彼の両手。

隣家

その女はパイでもいかがと僕らを家に招いて御亭主の
話を始めた。昔は御亭主もこの家に一緒に
住んでいたのだけれど、車にのせられて療養所に運ばれた。主人ったら
この立派な樫材の天井に
ちゃちな断熱材を貼ろうとしたんですよ、と女は言う。それが
何かが変だという最初の徴候でしてね、そのあとすぐ
卒中の発作でしょう。今じゃ植物状態。まあそれはそれとして
次は息子。猟場番人がうちの息子の耳に
ピストルの銃身つっこんで、
撃ち金を起こしたんです。でも息子はそんな間違ったことなんか
しちゃいませんし、猟場番人はあの子にとっちゃ叔父にあたるんですよ
ひどい話じゃありませんか？
そんなわけでみんな仲たがい。誰も彼も

頭に血がのぼってしまい、昨今はろくに
口もきかないという有り様。この大きな骨は
息子が河口で拾ってきたものです。
人間の骨でしょうかね？　腕の骨とか
その類いのものかしら？　彼女はその骨を窓のところに戻す。
花を盛った鉢のとなりに。
娘は一日じゅう部屋に閉じこもって
自分の自殺未遂についての詩を書きつづけています。
そんなわけで娘をお目にかけられませんの。あの子
もう誰にも会おうとしやしません。書いた詩をびりびり破いて
また頭から書き直しているんです。でもそのうち
ちゃんと書き上げるかもしれませんね。ねえ、信じられますか、
車が魚釣りするなんて？　おとなりの庭に
放り出してあるまるで霊柩車みたいな
あの黒い車。ウィンチでエンジンひっぱりあげて
木から吊るしてあるんですよ。

コーカサス、あるロマンス

毎夜、一羽の鷲が雪をかぶった岩山からやってきて
兵営の上を飛び過ぎていく。鷲はロシアでささやかれている噂が
真実かどうか、その目で確かめたいのだ。最近では若者たちの就ける
まともな仕事といえば軍隊くらいのものだというのは
真実なのかどうか。家柄の良い若者たちや、あるいはまたこっち風に言えば
「練習帳を汚した」ために世間から逃れる羽目になった
年かさの物静かな人々が数名。たとえば
決闘で片耳を失った大佐とか。

松やハンノキや樺が密生した森。目もくらむ
絶壁から流れ落ちる奔流、霧、轟々と音を立てて
流れる河。もう八月だというのに、いまだに雪に覆われた
山々。いたる所、目の届くかぎり、何もかもが

たっぷりと溢れている。芥子の花の海。野生のそばは陽炎に揺らめき遥か地平線にまで波打ち、うねっている。

豹。子供のこぶしくらいの大きさの蜂。熊たちは人を避けもせず、そのからだをずたずたに裂いてからそして豚のように鼻息荒く、滋養豊かな下藪を漁る作業に戻っていく。白い蝶々の群がまるで雲のようにふわりと浮かび上がり、舞い降り、やがてまた、ライラックと羊歯に覆われた斜面に浮かぶ。


ときおり敵との本物の戦闘がある。

どっと味方の怒号が上がる。ときの声、太鼓をうち鳴らすような馬のひづめの音、ぱらぱらというマスケット銃の銃声、チェチェン族の銃弾が一人の男の胸を打ち砕く。血のしみがそこにさっと鮮やかに広がる。血は緋色の花弁が開くように白い軍服にはね散る。追撃開始。粋人ぞろいの皇帝陛下の若者たちが平原を疾走し、大笑し、声をかぎりに叫ぶとき、その心臓は高鳴り、頭はすっかり空っぽだ。あるいはピストルをかまえ、彼らは汗だくの馬たちの尻を叩いて森の小道を辿る。チェチェン族の穀物を焼き、チェチェン族の家畜を屠り、その哀れな村落を殲滅する。彼らは兵士であり、それはなにしろ演習じゃない。盗賊団の首領シャミーリこそが、彼らの宿敵である。

夜になると、まるで盆のように大きくて深い月が、峰の背後から現われる。しかしその見かけにだまされぬように。月は実は完全武装している。このあたりのほかのあらゆるものと同じように。

大佐は眠ると、客間の夢を見る。いつもと同じ客間だ。なんとまあ、清潔でエレガントで、とびっきり居心地のいい応接室！　そこには友人たちが集い、フラシ天の椅子や、ソファに座り、小さなグラスで

お茶を飲んでいる。夢ではいつも二月四日の木曜日。ネフスキー大通りに面した窓辺にはピアノが置かれ、若い女性が
今まさに演奏を終えるところ。一息おいて、それから振り向いて、
温かい拍手に応える。でも夢ではそれは顔にサーベルの
傷跡のあるチェルケス人の女。友人たちは
ぎょっとたじろぐ。彼らはうつ向いて、お辞儀をして
席をたち始める。さようなら、ご機嫌よう、
と小さな声で挨拶する。ペテルスブルグで人は言う、ここ
コーカサスの地では、夕陽がすべてだと。
でもそれは違う。なにも夕陽だけじゃない。
ペテルスブルグで人は言う、コーカサスは伝説を生む場所、
そこでは毎日のように英雄が輩出すると。
その昔ペテルスブルグで人は言った、名声はコーカサスで作られ、
そこで失われると。剣呑に美しい場所
というわけだ、大佐の部下の一人がいみじくも言ったように。

彼の配下の士官たちはやがて故郷に
戻るだろう。そしてもっとたくさんの若者たちがその
あとを埋めるだろう。新しくやってきた将校たちが馬を下り、
敬礼をすると、大佐はしばらく彼らをそのまま
立たせておくだろう。それから厳格だが慈愛に満ちた
視線を向ける。小さな口髭を生やし、功名心に燃える
すらりとした若者たちは、彼を見て不思議に思う、
この人は何から逃げているのだろうと
首を傾げる。でも逃げているんじゃない。彼は
ここコーカサスが、それなりに好きなのだ。
愛着さえ覚えている——まあおおむね。することは
山ほどある。これから何日も何ヵ月も、うんざりする
仕事が待ち受けている。シャミーリはどこかの山中か、
あるいは平原《ステップ》に潜んでいる。風景の美しさにはもちろん
異議のはさみようもない。それに、これはじっさいにここで
起きていることの、簡略なあらましでしかない。

（訳注）「練習帳を汚した」の原文は「men who've blotted their copy-books」で、軽率な行為によって評判を落とす、という表現。

The Caucasus : A Romance

鍛治屋、そして大鎌

ちょっとのあいだ窓を開けておいたら、
太陽が出てきたんだ。温かいそよ風が
部屋を抜けていった。
(僕はそのことを手紙に書いた)
ほどなく、僕の目の前で、あたりは暗くなっていった。
海には白波が立ちはじめた。
釣り船はみんな向きを変え、
小さな隊列を組んで戻ってきた。
ポーチの風鈴《ウィンドチャイム》は吹き落とされて
しまった。うちの庭の木のてっぺんがぐらぐら揺れた。
ストーブのパイプは留め金具の中で
かたかたと揺れてきしんだ。
僕は「鍛冶屋と大鎌」と言った。

僕はそんなふうに独りごとを言うんだ。
何かの名前をふと口にする――
巻き揚げ機《キャプスタン》、繋留綱《ホーサー》、壌土《ローム》、木の葉《リーフ》、窯《ファーニス》
君の顔、君の口、君の肩
今は頭に浮かんでこない！
いったいどこに消えたんだろう？　まるで
みんな夢だったみたい。僕らが海岸で
拾ってきた石は、冷やりと
窓辺で仰向けになっている。
家に帰っておいでよ。聞こえるかな？
僕の肺は、君の不在がもたらす煙で
もういっぱい。

パイプ

私の書く次なる詩は、その真ん中あたりに
薪があることでしょう。薪はやにがすごくきつくて
私の友だちは私に手袋を渡して、こう言った
くらいです。「これをさわるときには手袋を
使うんだよ」と。次なる詩にはまた、
夜もあるでしょう。西半球にある
星という星すべても。そして新月の下で何マイルにも
わたって輝く、見渡すかぎりの水も。
次なる詩は寝室や居間も
備えているでしょう。天窓と
ソファと、窓際のテーブルセットと
昼御飯の一時間前に切られたばかりのすみれの入った花瓶と。
次なる詩の中ではランプがともっていることでしょう。

それからそこにはやにがたっぷりしみたもみのきの薪が
たがいを焦がしあうように
燃えあがる暖炉もあるでしょう。
そう、次なる詩は火花を散らすのです！
しかしながら次なる詩には紙巻き煙草のすがたはありません。
私はパイプ党になっていることでしょう。

The Pipe

耳を澄ませる

いつもと変わるところのないいつもの夜。思い出を
のぞけばまったくの空っぽ。彼は思う
もう俺は人生の裏側にまで達したのだと。
でもそうじゃなかった。ちょっと本を
読みラジオを聴く。窓の外をしばらく
眺める。そして二階にあがる。ベッドの中で
ラジオを消し忘れたことに気づく。
でもまあいいさ、と目を閉じる。夜の深みの中で
家が西に向けて帆走する頃、彼はふと目覚め
ぼそぼそという人声に身を凍らせる。
それから、ああラジオか、と思う。
起きて階下に行く。どっちみち
小便だってしたい。外ではいつの間にか

小雨が降り始めている。ラジオの声が
小さくなったり、大きくなったりしている。
遠くの局のようだな。さっきとは
局が変わっちゃったんだ。男が
ボロディンとオペラ『イゴーリ公』について
しゃべっている。相手の女は
そうですねと言って笑う。
ちょっとしたエピソードを話し始める。
男はスイッチを切ろうとした手をひっこめる。
彼はまたここで自分が謎を前にして立っていることを
知る。雨。笑い声。歴史。
芸術。最後には勝利を収める死。
彼はそこに立って、耳を澄ませる。

スイスにて

チューリヒに着くとまず最初に
「動物園《ツォー》行き」の五番のトロリーに乗って
終点まで行って、
そこで降りる。ライオンたちについての注意は
受けている。彼らの咆哮は園内から
はるかフリュンテルン墓地にまで
届くからと。僕はその墓地の
素晴らしく美しい小道を
ジェームズ・ジョイスの墓へと向かっている。
常に家庭の人であった彼は、奥さんと一緒に
ここに眠っている。ノラだ、言うまでもなく。
そして息子のジョルジョ、
彼は数年前に亡くなった。

ジョイスの哀しみのたねであった娘の
ルチアはまだ存命で、精神病院に
閉じ込められている。
父の死を知らされたとき、
彼女はこう言った。
「いったい土の下で何をするつもりなのかしら、あのとんまは？
いつになったら外に出てくるつもりなの？
あいつはいつだって私たちを見張っているんだから」
僕はしばらくそのへんをうろついていた。僕は
ジョイスさんにむかって声にだして何か言ったと思う。
言ったに違いない。それはわかっているのだ。
でも何を言ったのか思いだせない、今と
なっては。だからわからないままにしておくしかない。

その一週間後に、我々はルツェルン行きの
列車でチューリヒを出発する。

でもその日の朝早く、僕は
もう一度五番のトロリーに乗って
終点まで行く。
ライオンの咆哮は前と同じように
墓地に降りかかっている。
芝生は刈られている。
僕はしばらくそこに座って煙草を吸う。
そのお墓の近くにいるだけで、
心が落ち着く。今回は、僕は何も
言う必要はない。

その夜、我々はルツェルン湖の真ん前にある
グランド・ホテルのカジノの
テーブルで賭け事をやった。
それからストリップ・ショウを見に行った。
でもショウの最中に、

ほんのりとしたピンクの舞台照明の下で、
墓場の記憶がよみがえってきたからといって
それをいったいどう扱えばいいのだろう？
なんともしようがないでしょう。
あるいはそのあとでやってきた、まるで波みたいに
他のすべてをおしのけてしまう
欲望にしたって。
更にあとで、僕らは星空の下、
菩提樹の木蔭、ベンチに座っている。
僕らは互いに愛を交わした。
互いの服の中を手で探って。
目の前はもう、すぐに湖。
そのあとで、つめたい水に
僕らは手をひたした。
それからホテルまで歩いて戻った。
幸福な気持ちで、ぐったりとして

そのまま八時間ぐっすり寝ちゃえそう。

僕らはみんな、僕らはみんな、僕らはみんな
なんとかして自分たちの不滅の魂を
保存しようとしている。
他の人のそれよりはなぜかもっと
捉えどころがなくミステリアスに見える、
その魂を。僕らはここで時を
楽しんでいる。でも僕らは望んでいるのだ、
遠からずすべてが明らかにならんことを。

In Switzerland

V

スコール

午後三時ちょっと過ぎに、スコールが
海峡《ストレイト》の静かな海面を叩いた。
雨をふくんだ黒雲がひとつ、
強い風に運ばれていく。

波が高くなり、見る見る真っ白になった。
でもわずか五分後には、またもとに戻った――
見事なばかりに真っ青で、わずかにさざ波が
立っているだけ。僕はふと思う、
シェリーと友人のウィリアムズがスペツィア湾で
あるよく晴れた日に遭遇したスコールもたぶん
こんな感じだったのでは。彼らはそこで
軽快なそよ風を受け、とびっきり幸せな気分で

（と僕は思いたい）、船遊びをしながら
大声で言葉を交わしていた。
シェリーの上着のポケットには、キーツの詩と、
ソフォクレスが一冊！
そのときに海上に煙のような何かが見える。
雨をふくんだ黒雲がひとつ
強い風に運ばれていく。

黒い雲は
英国詩における
ロマン主義時代第一期の
終焉を急きたてていたというわけだ。

僕のからす

一羽のからすが窓の外の木にとまった。
それはテッド・ヒューズのからすでもなく、ゴールウェイのからすでもない。
フロストのでもなく、パステルナークのでもなく、ロルカのからすでもない。
戦いのあと血にまみれた臓物をむさぼる
ホメロスのからすでもない。ただのからす。
どこかぴったりとふさわしい場所にいたこともなければ
誰かの筆に書きとめられるほどのこともしちゃいない。
からすはしばらくその枝にとまっていたが
やがてまた美しく羽ばたいて
僕の人生から姿を消していった。

My Crow

パーティー

昨日の夜、ひとりで、愛する人から三千マイルも
離れたところで、僕はラジオをジャズの局にあわせ、
大きな鉢いっぱいのポップコーンを作った。
たっぷり塩をふって。上からとろりとバターもかける。
明かりを消し、ポップコーンとコークの缶を手に、
窓の前の椅子にどっかり腰をおろした。この世界の
大事なことなんてみんな残らず忘れてしまった。ポップコーンを
食べながら、窓の外のどんよりと暗い海と、
町の明かりを眺めているあいだは。
ポップコーンはバターでべとべと、
塩まみれ。僕はそれをぱくぱく食べて、あとには
はじけ損ないがひとつまみ残っているだけ。それから
手を洗った。もう二本ばかり煙草を吸いながら、

あとに残ったささやかな音楽のビートに
耳を澄ませた。あたりはすっかり静まっていた。
海の水はまだ相変わらず流れているけれど。僕が立ち上がって
三歩あるいて、ターン、また三歩あるいて、ターンというのを
やっているあいだに、風が最後にひとつ大きくぐらっと家をゆらせた。
それから僕はベッドに入って、いつもみたいに
一点の曇りもなく眠った。いやいや、これが人生というもの。
でも僕は思った、これはひとこと書き置きしとかなくちゃな、と。
どうしてこんなに居間が散らかっているのか、
昨夜ここで何がおこなわれていたかという説明がいるな、と。
万が一僕の明かりが消えて、ぽっくりいってしまったときのために。
そう、昨夜ここでパーティーがおこなわれたんだよ。
そしてラジオはまだつけっぱなしになっている。オーケー。
でももし僕が今日死んだら、それは幸せな死だね——愛しい人の
ことを想い、あと最後のポップコーンのことを想っているんだから。

雨降りのあとで

雨降りの日々と、いつも同じ深刻な疑念のあとで——
ゴルフ・コースの横を通り過ぎるのはなにか妙なものだ。
太陽が空にあって、そこでは人々がパットやら、ティーショットやら
そういうゴルフ場的なことをあれこれやっている。クラブハウスの
横を流れる川のところまでいく。川の両岸には、いかにも立派な家が
並んで、バイクのエンジンをぶるんぶるんと吹かせる少年に向かって
犬が吠えている。小さな橋のすぐ下で、一人の男が水の中で
大きな鮭と格闘しているのが見える。二人のジョガーが足を止めて
それを見物している。こんなでかいやつを、僕は生まれてこのかた
見たことがない！　油断するなよ、と僕は思う、
駆け出しながら。さあ、ほら、しっかり逃がすんじゃないぞ！

After Rainy Days

インタビュー

一日じゅう自分のことをしゃべっているうちに
もうじゅうぶん考え抜いて
今ではかたがついたと思っていたことが
また戻ってくる。その昔僕が
メアリアンに――今ではアンナと
名のっている女に――対して
抱いていた気持ちが。

僕はグラスに水をくみにいく。
窓際にちょっと立っている。
戻ってきたとき
僕らはすっと次の話題に移る。
僕の人生について語り続ける。でも

その思い出は刺《とげ》みたいに僕にささる。

血

クラップ・ゲームのテーブルを囲んでいたのは
クルピエとその助手を別にして
ぜんぶで五人。僕のとなりの男は
丸く囲った手の中に
ダイスを入れていた。
彼は指にふっと息を吹きかけ、
「さあ行くぜ、ベイビー!」と言った。そして
ダイスを投げようとテーブルの上にのりだした。
そのとき鮮やかな血が、鼻から噴きだして
緑のフェルト地の上に飛び散った。男は
ダイスを落とした。びっくりしたように後ろに下がった。
シャツに血がだらだら流れるあいだ、茫然として
そこに立っていた。何だなんだ、

いったいどうしたっていうんだ？
と彼は叫んだ。そして僕の腕をぎゅっと握った。
死のエンジンが回転する音を僕は聞いた。
でもそのとき僕はまだ若かった。
酔っ払っていたし、もっと遊びたかった。
そんなもの聞かなくちゃいけないわけもなかった。
だから僕はそこを立ち去った。振り向きもしなかった。
この出来事を自分の頭の中に見出すこともなかった。今日までは、ということだが。

Blood

明　日

居間には煙草の煙が帳のように
垂れている。海上の船の明かりが
遠くににじんでいる。星は空に穴を
焼きつけている。灰になるまで。
でもそれはかまわない。そう、星はもともとそういうもの。
それらの光を僕らは星と呼ぶのだ。
光れるだけ光って、そして死ぬ。
僕はがむしゃらな男。早くはやく明日に
なればいいと願うような人間だ。
昔お母さん——神の恵みあれ——が、こう
言っていた。明日を願ったりしちゃいけないよ、
そんなことしたら人生そのものを逃しちゃうことになる。
それでもやっぱり僕は

明日を願う。とにかくぴかぴかのやつを。
僕はすいすいと行ったり来たりできるように眠りたいのだ。
車のドアから外に出て、別の車に乗り移る
みたいに。そしてぱっと目を覚ますのだ！
僕の寝室のなかに明日を見いだすべく。
口には出せないくらい僕は疲れている。
僕のお椀は空っぽ。でもそれは僕のお椀だし、
なにせ、僕はそれが大好きなんだ。

Tomorrow

哀しみ

今朝、早く目を覚ましてベッドから
遥か遠くの海峡を見ると
荒れた海を一隻の小さな船が、航海灯をひとつ
ともして進んでいるのが見える。友だちのことを
思い出す。死んだ奥さんの名前をペルージアの
丘の上からいつも声をかぎりに叫んでいた
友だちを。彼は奥さんが亡くなってずいぶん
たってからも、その簡素な食卓に彼女のぶんの食器を
並べていた。そして窓を開けた。彼女が新鮮な空気を
吸えるように。そういうのってちょっとやり過ぎだと
僕は思っていた。ほかの友だちもみんなそう
思っていた。僕にはわからなかったのだ。
今朝がやってくるまで。

Grief

ハーリーの白鳥

僕はまた試みている。人は何度も繰り返し、始めなくてはならない。ひとつのすごく限定された領域でものを考え、感じることを。通りに面した家、角のドラッグストアにいるその男。
――シャーウッド・アンダーソンの手紙より

アンダーソン。僕は今日の午後、ドラッグストアの前をうろうろしているときに、あなたのことを考えた。風の中で帽子をしっかりおさえ、僕の少年時代を求めて、その通りを見渡していた。父さんが僕を散髪に連れていったときのことを思いだしていた――

鹿の枝角でできたラックが壁についていた。釣針に顎をかけられた

ニジマスが水面からはね上がっている
写真の、カレンダーのとなりに。僕の母さん。
彼女は僕の学校用の服を選ぶために一緒に
ついてきた。それは僕には恥ずかしいことだった。
というのは、僕はもう大人用の洋服屋に入って
大人用のズボンやシャツを、買う必要があったから。
その当時の僕は、界隈でもいちばん太った子供で、
両親を別にすれば、誰も僕のことなんか好いてはくれなかった。

そして僕は眺めるのをやめて、中に入った。
カウンターでコークを飲んで、そこで
裏切りということについて少し考えてみた。
これはいつだって簡単にできた。
むずかしいのは、そのあとにやってきたものだった。
僕はもうあなたのことを考えてはいなかったよ、アンダーソン。
あなたはさっとやってきて、行ってしまったんだ。

でもそのソーダ売場で、僕はハーリーの白鳥たちのことを、思いだした。彼らがどのようにしてそこにやってきたのか、僕は知らない。でもある朝、スクールバスを運転して田舎道を走らせているときに、彼は、カナダからやってきた二十一羽の白鳥にでくわした。農家の土地にある池に彼らはいた。彼はそこでバスを停めた。彼と小学生たちはしばらくのあいだ白鳥を見て、それで素敵な気持ちになった。

僕はコークを飲み終えて、家に帰った。家はもうあたりはほとんど暗かった。家はしんとして、空っぽ。それこそが自分の求めているものだと、僕はいつも考えていたのだ。風は一日じゅう強く吹いていた。それは何もかもを、ほぼ何もかもを、吹き飛ばした。でもこの恥ずかしさと喪失感は、残っている。

もしこれがいつもどおりの夜なら、
風はもうそろそろ収まってくるはずだし、
間もなく月も出てくるはずなのだが。
僕は家の中にいる。そしてもう一度試みようとしている。
アンダーソン、せめてあなたは、わかってくれるだろうね。

Harley's Swans

VI

へら鹿キャンプ

テントの入り口まで歩いていくとき、
ほかのみんなは眠っている。頭上の星は、
生まれてこのかた僕が見たどんな星より
明るく、そして遠くにある。
十一月の月は、谷間の空に浮かんだ
幾つかの黒雲を追い立てている。
その向こうにはオリンピック山脈。

僕は迫り来る雪の匂いをかげそうな気がした。
僕らの馬はロープを巡らせた小さな
囲いの中で草を食べていた。
丘の斜面からは泉の音が
聞こえてくる。それは僕らの泉だ。

もみの木のてっぺんを風が吹き過ぎていった。
その夜まで僕は森の匂いというものもかいだことはなかった。そういえばヘンリー・ハドソンとその水夫たちが新世界の森の匂いを、何マイルも離れた海上でかぐことができたというのを本で読んだことがあったな。そして次なる想い——
僕はこの先、本なんか一冊も手に取らずとも楽しく人生を送れそうだ。
僕は月光に両手をかざして
そして感じた、今夜、僕はどんな男や女や子供のためにも、指一本動かせない。引き返して
自分の寝袋に入った。
でも僕の両目は閉じようとはしなかった。

その翌日僕はクーガーの糞と

へら鹿の糞を発見した。でもその近辺を馬に乗ってしらみつぶしに踏破し、山を越えて、雲の中を抜け、古い林道を辿ったけれど、へら鹿なんてただの一頭もみつからなかった。みつからなくても僕はちっともかまわなかったが、それでも準備だけはしていた。みんなから離れて、肩にライフルをかけて。あるいはじっさいに殺せたかもしれないなと僕は思う。とにかくぶっぱなしてはいただろう。そこを撃てと教えられた場所を——肩の後ろの心臓と肺のところを。「やつらは逃げるかもしれない、しかし遠くまではいけないよ。だって考えてもみな」と友だちは言った。「心臓に鉛を一発食らって、いったいどれくらい遠くまで逃げられると思う?」場合によるね、場合によるんだ、それは。でもその日には、僕はたとえ何にだって引き金を引くことができただろう。あるいはできなかったかもな。暗くなる前にキャンプに戻る、それ以外のことはもうたいしたことじゃなかった。なんと素晴らしい生き方だろう! なんだって、もうたいしたことじゃないというのはね。

僕は自分を深く深く見つめた。そしてまた、僕はあることを理解した。僕の人生がその森の中で、僕のもとにさっと戻ってきたときに。

そして僕らは装備をほどいた。そこで僕が最初にやったのは、熱い風呂に入ること。それからこの本に手をのばす。

もう一度、冷酷になり、無慈悲になる。
冷血。すべての神経が張りつめる。
殺す用意はできているか、否か。

Elk Camp

避暑地の別荘の窓

彼らは判断を保留したまま、何も言わずに僕らを見おろしていた。
雨の中で、小さなボートに乗った僕らのことを——
三本の糸が鮭を求めて、暗い水の中に
垂らされていた。三月のフッド入江
での話だ。三月の雨はやまないものだが、
それはちっともかまわない。僕は水の上にいて
新しい釣り具の具合をためしているだけで
幸福なんだ。僕の知らない人がどこかで
溺れて死んだという話を聞いた。
別の誰かは森の中で、落ちてきた枯れ木にあたって
死んだということだ。枯れ木が「後家づくり」と
呼ばれているのはもっともなことなんだよ。
猟期、あるいは禁猟期にしとめた熊やら鹿やら

鹿やらクーガーやら
の狩猟の自慢話。さらに延々と続く自慢話。
それから女の話になった。これなら僕もちっとは
参加できる。その昔は若い娘が相手だった。
十五、十六、十七、十八の娘。僕らもおなじくらいの
歳だった。今では相手はおとなの女。それも
亭主持ち。娘っこはもうダメだな。おとなの女、
誰かの女房。たとえばこの町の町長、こいつの女房を
いただいた。保安官代理の女房、これも同様。
でもな、いずれにせよあいつイヤな野郎なんだ。
弟の女房にまで手をだした。これは自慢できた
はなしじゃないよ。でもさ、誰かがあいつのかわりに
あっちの面倒をみてやんなくちゃ。僕らが釣りあげたのは
小さなのがたった二匹。話だけがはずんで、もう大笑いだ。
でも船着き場に戻りかけると、
誰も住んでいないはずの一軒の家に

明かりがともるのが見えた。

てっきり無人だと思っていた家の煙突から煙がたちのぼっている。

そのときふっと突然――メアリアンのことが頭に浮かんだ。

僕らが二人とも若かったときのこと。

あの頃、ぴかぴかに新しかった時代の、希少なコイン！

トレイラーに船をつなぐころにはそれもどこかに消えてしまっていた。

でも、ちょっとした思い出だった。

誰かが窓際にやってきて、下を見おろしている僕がその人影を見ているうちに、あたりはもう暗くなっていった。

そして僕は思う。はるか昔に起こったことは、たしかに本当に起こったのだろうけど、でも僕らの身に起こったんじゃないはずだ。だって人間そんな目にあいながら、こうやってのうのうと生きていけるわけがないじゃないか。

そんな、僕らが当事者であるわけない。

僕が今話題にしている人たちは――僕が以前何かの本で読んだことのある人たちにちがいない。いや、主要登場人物というわけじゃないんだ。始めのうちは、またそれからけっこう長いあいだ、彼らが主人公みたいに見えていたのだけれどね。でも脇役に過ぎないにしても、この人たちにはなにやら、いとおしさが感じられるはずだ。涙だってこぼれるかもしれないな。いよいよ彼らが引っ立てられて縛り首にされるか、あるいはどこかに放り込まれたりするときには。

僕らは家のほうを振り返ることもなくそのまま車を走らせた。昨夜《ゆうべ》僕は台所で魚をきれいに洗った。

今朝、コーヒーを作ったとき、あたりは

まだ暗かった。陶器の流し台の
側面に血がついているのが見えた。

カウンターにはもっと血。ぽたぽたと道を辿るように
ついている。冷蔵庫の底にも血が落ちて
いる。はらわたを抜かれラップされた
魚から垂れたのだ。
いたるところにこの血。僕らが——
あのいとおしい若い妻と、この僕とが——
ともにした時間への思いと混じりあいながら。

The Windows Of The Summer Vacation Houses

記憶

バスケットに詰まった苺のへたを
むしりながら――今年の春初めての
苺――今夜こいつをどうやって食べようかと
思いめぐらす。今夜ひとりで
(テスはいない)ゆっくり楽しもう。
それではっと思いだした。テスと話をした
ときに、伝言を伝えるのを、すっかり
忘れちゃったことを。名前を思い出せない誰かが
電話をかけてきて、スーザン・パウエルの
おばあさんが突然亡くなったと言った。
僕は苺のへたをむしりつづけた。
でもそれから、また僕は思いだした。
店から車で帰ってくる途中のこと、

ローラースケートをはいた
小さな女の子が、
大きな、いかにも人なつっこそうな犬に
ひっぱられるようにして道を歩いていた。
僕が手を振ると、彼女も
手を振りかえした。そしてきつい声で
何かを言った。道ばたの草の匂いをしつこく
くんくん嗅ぎ続けている犬に向かって。
　外はもう暗くなりかけている。
苺は冷えている。
ちょっとあとでそれを食べているとき、
また頭に浮かぶことだろう——順不同で
——テスのこと、少女のこと、犬のこと、
ローラースケート、記憶、死、エトセトラ。

遠く離れて

アートとマリリンの家の裏手に小さな山があって、
そこにうずらたちが住んでいたことを、僕はすっかり
忘れていた。僕は家を開け、火を起こし、
そのあと死人みたいにぐっすり寝込んでしまった。
翌日の朝、引き込み道や、玄関側の窓の
前の茂みに、うずらたちの姿が見えた。
僕は電話で君と話をしていた。
冗談を言おうとする。僕のことなら心配ないよ、
と僕は言った。なにせうずらたちが
お仲間だからね。でも、僕がドアを開けると
うずらたちはぱっと飛び去った。一週間
たっても彼らはまだ戻らない。じっと黙り込んでいる
電話を見ると、僕はうずらのことを思う。

うずらのことを思い、彼らが飛び去った様子を
思うと、その朝、君と話したときのことが頭に浮かぶ。
僕の手の中にあった受話器のことなんか。僕の心——
それがそのときにやっていた、ぼやっとしたこと。

音楽

フランツ・リストはマリー・ダグー伯爵夫人と
駆け落ちした。この女は小説も書いた。上流社会は彼とも、
それからこの作家兼伯爵夫人兼色女とも、すっぱり縁切りした。
リストは彼女に三人の子供を与え、音楽を与えた。
それからヴィトゲンシュタイン侯爵夫人と出ていってしまった。
リストの娘のコジマは指揮者の
ハンス・フォン・ビューローと結婚した。
でもリヒャルト・ヴァグナーが彼女を略奪、
バイロイトに連れていってしまった。ある朝そこに
リストが姿を見せた。長い白髪をかき乱し、
拳はぶるぶる震えている。音楽。音楽！
かくして、みんなますます有名になった。

Music

それに加えて

「この頃ずいぶん豚肉を食べてるんだ。
それに加えて、卵やらそういうのも食べ過ぎてる」
この男は医者のオフィスで僕にそう言った。
「塩をばんばん振りかけてさ。一日にコーヒーを
二十杯も飲むんだ。煙草だって吸っちゃう。
呼吸に問題が出てきてる」
そしてちょっと目を伏せた。
「それに加えて、食べ終わっても、いつもテーブルを
片づけるわけじゃないんだ。ころっと忘れちゃうんだよね。
席を立ってそのままどっか行っちゃう。
じゃあまたこの次な、兄弟、てな具合にね。
ねえ、いったい俺に何が起こっているんだろうね？」
これってまるっきり、僕自身の症状じゃないか。

僕は言う、「何が起こっているかって？　あんたはアタマいかれかけているんだよ。その次にあんた死にかけているんだよ。あるいは、その逆でもいいけどさ。甘いものはどう？　ひょっとしてシナモンロールとかアイスクリームとか、好きじゃない？」

「それに加えて、そういうのみんな俺、欲しくてたまんないな」と彼は言った。

そのころには僕らはフレンドリーズという店に入っていた。僕らはメニューを見ながら話を続けた。キッチンのラジオではディナー・ミュージックがかかっていた。それは、ほら、僕らの歌だった。それは僕らのテーブルだった。

Plus

彼女の生涯を通して

昼寝しようと横になった。でも目を閉じるたびに
雌馬の尻尾がゆっくりと海峡の上をよぎるんだな。
カナダに向けて。そして波。波が砂浜に寄せてきては
また帰っていく。君も知ってのとおり、僕は夢を見ないたちだ。
でもゆうべは、君と二人で水葬の儀式を眺めている
夢を見た。最初のうち僕はただただ驚いていた。
そしてやがて、深い悲しみで満たされた。でも君は
僕の腕に手を触れて言った、「いいのよ。あの女《ひと》はもうずいぶんな
歳だったし、彼は彼女の生涯を通して愛したのだから」

All Her Life

帽子

メキシコ・シティーでの最初の日のこと。そのへんを歩きまわっているときに、レフォルマ通りのとあるカフェで、帽子をかぶった男がひとり座ってビールを飲んでいるのを、僕らは見かける。最初、彼はどこにでもいる普通の人間に見える。帽子をかぶり、まっ昼間からビールを飲んでいる。ところがこの男の隣の広い歩道の上では、熊が一匹、両手の上に頭を置いて眠っている。熊の両目は閉じられている。でもすっかり閉じられてはいない。まるで「ここにいるけど、ここにはいない」という風情。みんなは熊をよけるようにして通る。

でも道路にはみだすように、人垣ができ始めている。男は腰のところに鎖を巻いている。その鎖は男の膝から熊の首のところに延びている。熊の首には鋼鉄の首輪。テーブルの上、男の目の前には革の握りがついた鉄棒が置いてあった。これでもまだ足りないといわんばかりに男は残っていたビールをぐいと飲み干し、鉄棒を手に取る。テーブルから立ち上がって、鎖を引っ張る。熊はぴくりと動いて、口を開く——牙は年老いて茶色く黄色くなっている。でも牙は牙だ。男はぐいと強い力で鎖を引く。熊は四つ足で立ち上がり、うなる。男は鉄棒で熊の肩をばしんと叩く。土埃が少し舞い立つ。男の方も何か

うなる。熊はまだ何もせず、
男はまた一発くれる。熊はのろのろと後ろ脚で立ち上がり、
宙に向かって、そのろくでもない鉄棒に向かって
手を払う。すり足で踊り始め、顎をかちんかちんと
合わせる。男は鉄棒で思いきり熊を叩く。そして

またもう一発。そうそうタンバリンもあるんだ。
言うのを忘れちゃうところだった。単調な歌を歌いながら、
男はそれをじゃらじゃらと振り、よたよたと後ろ脚で
歩く熊を叩く。熊はうなり、かちかち顎をかみ合わせ、
よたよた歩きのあわれなダンスを踊る。
それがもう永遠に続くのだ。やっと終わって
熊がまた四つん這いになるころには、季節がいくつも
通り過ぎていったような気がする。熊はよいしょと尻から
座り込んで、低い声で、悲しげにうなる。
男はタンバリンをテーブルの上に置く。

鉄棒もテーブルの上に置く。
それから帽子を脱ぐ。誰も拍手しない。次に
何が起こるか見てとった人たちは
さっさとどこかに行ってしまう。しかし
その前に人垣の端っこに帽子が現われ、
それがそこに集まった人の
手から手へと渡されていく。帽子は
僕のところに来て停まってしまう。僕は
帽子を手にしたまま、うまく信じられないでいる。
みんながじっとそれを見ている。
僕も同じようにじっとそれを見ている。
君は僕の名前を呼び、「何してるの。さっさと
帽子をまわして」と小声でせっつく。
僕は持っていた金をその中に入れる。それから
僕らはそこを離れ、先に進む。

それから何時間かあと、僕は君に触れ
ちょっと間を置き、それからまた君に触れる。
すると君は指をすらりと伸ばす。
それから僕は君の身体じゅうに手をやる――
君の脚に、君の長い髪にも手をやる。その
髪を触り、僕の顔をそれに埋めて、
そこに塩の匂いを嗅ぐ。でもそのあと
目を閉じたとき、あの帽子が
現われる。それからタンバリン。あの鎖。

The Hat

夜遅く、霧と馬とともに

彼らは居間にいた。別れの言葉を
交わしていた。耳の中で喪失が鳴り響く。
二人は手に手を取って生きてきたのに、それも
もうおしまい。おまけに彼の方には、
べつの相手がいた。涙がこぼれ落ちたときに
一頭の馬が霧の中から前庭にのっそりと
進み出てきた。それからもう一頭、また
別の一頭。彼女は外に出て言う、
「あなたたちどこから来たの、お馬さんたち？」
そして馬たちのあいだにまじって、すすり泣きながら
その横腹に手を触れた。馬たちは前庭の
草を食べ始めた。
彼は二本の電話をかけた。一本は保安官に

「誰かの馬が逃げ出した」というもの。
でも、そのほかにもう一本。
それから前庭に出て、妻のとなりに
行った。そこで二人並んで馬に向かって話しかけたり、
何事かささやいたりした。(今ここで起こっていることは、
どこか別のときに起こっていることなんだ)。
馬はその夜、庭の草をぷちぷちとちぎって
食べていた。赤い非常ランプを点滅させ
一台のセダンが霧の中からのろのろと現われた。
霧の向こうに声が聞こえる。
その長い夜の終わり、二人が最後に
お互いの身体に腕をまわしあったとき、
その抱擁は熱い感情と思い出に
満ち溢れたものだった。それぞれ、相手の若かったときの
ことを思いだした。今はもう何かが終わって、
そのあとを別の何かが埋めようとしていた。

そしていよいよ最後の別れのとき。

「さよなら、行って」と彼女は言った。

そして体をはなした。

ずいぶんあとになって、俺はあのとき何もかも台なしにする電話をかけてしまったんだと彼は回想した。いつまでもいつまでも、切れることのないやつ、呪い。煎じつめていけばそういうことだったんだな。そのあとの彼の人生のずっと。

呪い。

Late Night With Fog And Horses

ヴェネチア

ゴンドラ漕ぎは、君にバラを渡した。
そして運河から別の運河へと
僕らを運んでいった。カサノヴァの屋敷を
通り過ぎ、ロッシ一族の屋敷を通り過ぎ、
バリョーニの、ピサーニの、サンガロの
屋敷を通り過ぎた。
水だらけ。においが鼻をつく。残ったものはみんな
ネズミのために残されているようなもの。真っ黒。
完全な沈黙。というか、完全に近い沈黙。
僕の耳の後ろでは、ゴンドラ漕ぎの息づかいが
聞こえる。オールの水がぽたりと垂れる音。
僕らは水面を、すうっと前に滑っていく。
そこでふと死を想ったからといって、

誰に僕を責められようか？
僕らの頭の上で誰かがシャッターを開け、
中からかすかな明かりがこぼれるが、
すぐにそれはまた閉められて
しまう。それがある。そして君の
手の中のバラの花。そして歴史。

Venice

戦いの前夜

テントの中には我々五人。私のライフルを掃除している当番兵は数に入れないで。私の同輩士官たちのあいだでは活発な議論が進行中。料理鍋の中では塩漬けの豚肉がマカロニと一緒にぐつぐつ煮えている。でもこの連中は腹を減らしてはいない――ありがたいことに！彼らが求めているのは、フスやヘーゲルみたいな輩にケチをつけることだけ。時間を潰せるならなんだってかまうものか。明日になれば戦う。今夜彼らが求めているのは、輪になってどうでもいいことについて、哲学について、語り合うこと。あるいはこの料理鍋は彼らの目には存在しないのかもしれないな。あるいはその調理ストーブも、彼らがいま座っている折り畳み椅子も。あるいは明日の朝には、戦闘は

ないのかもしれない。そうであれば言うことないのだが。あるいは
またこの私だって、彼らにとってはないものなのかもしれない。そろそろ何か
食おうかと思っている。誰かが言ったけど
〈吾は他者なり〉というところ。でも私にしろ、他者にしろ
中国にいるのと同じだ。飯の時間だぞ、兄弟、
と私は言う。皿を配っていく。でもそのとき誰かが馬でやってきて、
そこに降りる。私の当番兵はテントの
戸口まで行って、皿を手から取り落とし、一歩後ろに
退く。何も言わずに、燕尾服に身を包んだ死が中に
歩いて入ってくる。
最初私は思う。こいつは皇帝を探しているにちがいないと。
皇帝はどうせ老人で、病を得ているのだ。それなら
話はわかる。死は、場所を間違えたのだ。だってほかに誰がいる？
彼は一枚の紙片を手にしている。我々をさっと
見まわし、そこにあるいくつかの名前に目を通す。
そして顔を上げる。私は調理ストーブの方を向く。

向きなおると、もう誰もいない。死の
ほかには。彼はまだそこにじっとしている。
私は彼に皿を渡す。彼は長い道のりをやってきたのだ。
腹も減っているだろうし、きっと、なんだって食べるはずだ。

The Eve Of Battle

絶滅

いくぶん大人しい、とてもうまいアップタウン風の
ピアノ音楽が演奏されているラウンジで
僕らはバーに座っていた。

アメリカ合衆国で最後の、カリブーの群の運命について論じた。
三十頭の動物たちが、アイダホの北辺の
一画をさまよっている。三十頭の動物たちが、

ボナーズ・フェリーのすぐ北のところにいるんですよ、
とその男は言った。そして二人ぶんの酒のお代わりを頼んだ。
でも僕はもう行かなくちゃならなかった。彼とはそれ以来まったく会ってない。

それ以上の言葉もなかった。

あるいは、残りの人生の励みになりそうなことも
ぜんぜんしなかった。

Extirpation

収穫

魚が釣れたぞ！
雨降りだというのに、魚たちは
水面に出てきて、十四番の
ブラックモスキートに食いついた。
彼は意識を集中させねばならなかった。
今にかぎっては、他のものはぜんぶあたまから
閉めだした。どこにいくにもかついで歩いていた
昔の人生も。同じように、
新しい人生も。何度もなんども、彼は
人間の行いのなかではいちばん内的だと思われる
ことをやった。それは、一粒の雨と一匹の河マスとの
あいだにある違いを見分けるために、心を
とぎすますこと。そのあと濡れた野原を

車まで歩いていった。風がハコヤナギのかたちを変えていくのを見ながら。彼はかつて愛した、すべての人々を捨てたのだ。

The Catch

僕の死

もし運が良ければ僕は病院のベッドで
いろんな線をつながれて、鼻にチューブなんか
つっこまれているだろう。でもみんな僕を見てもおびえたりしないでほしいな。
前もって今言っとくけど、これでいいんだからね。
死に際にしちゃささやかな頼み。
誰かがみんなに電話かけてくれていると嬉しいな、
「早く来てくれよ、あいつ危ないんだ」ってね。
みんなやって来るだろう。そして愛する人たち一人ひとりに
僕が別れを告げるくらいの時間はあるだろう。
もし運が良ければ、みんな一人ずつ寄ってきて
僕は彼らの顔をこれが最後と見つめ
その思い出を胸に旅立てる。
そうだな、みんな僕の姿を見たら、

その場から走り去ってわあっと大声で叫びたいと
思うかもしれない。でもみんな僕が好きだから
僕の手をとって「負けるなよ」とか
「きっと良くなるよ」とか言ってくれる。
そのとおり、これで良いんだもの。
言うことない。君たちのおかげで文句なく幸福。
このままうまく幸運がつづいてくれれば、君たちに向けて
ちょっとした合図を送ることだってできる。
目を開けたり閉じたりしてね、
「言ってることわかるよ、ちゃんと聞こえるよ」って伝えるわけさ。
こんなことだって伝えようとするかもしれない、
「僕も君たちが好きだよ。幸せにね」って。
そうできるといいなあ。いや、でもそれは望みすぎっていうものだろうな。
もし運が悪ければ、まあそうなって当然かもしれないんだけど、僕は
ばったりと倒れて、別れを告げたり
誰かの手を握ったりする暇もなく、死んじゃうだろう。

君たちのことが大好きで、君たちと知り合えてどんなに嬉しかったか
なんてことも言えないままに。でもいずれにせよ
僕の死をあまり嘆かないように。だって僕は
君たちには知っておいてほしいんだな
こうして生きてこられて幸福だったのだもの。
そして覚えておいてほしい
僕が前もって——一九八四年の四月に——それを
君たちに伝えておいたことをね。
でももし僕が家族や友だちの前で死ねたなら
僕のために喜んでくれ。
もしそうなったとしたら、嘘偽りなく
今回は上々の成績だったってこと。今度は負けなかったんだ

まず手始めに

彼はとある港町で、スリーマン・Aという男の家に間借りした。スリーマンと彼の女房のアメリカ女、名前はただのボニー。彼がいまでもよく覚えているのは、毎晩スリーマンが自分の家の玄関のドアをたたいて、家にはいる前にこう言っていたこと。「よう、オレよ。スリーマンよ」と言うのだ。

それからスリーマンは靴を脱いだ。むすっと黙りこくった妻といっしょに、ピタパンとフムスを口に詰めこんだ。ときにはキュウリとトマトをそえたチキンがでてくることもあったけど。

それから彼らはみんなで、その国ではテレビとして通用しているものを見た。ボニーは一人でイスにすわって、ユダヤ人のことをあしざまにこきおろした。
そして十一時になると言った、「さあもう寝なくちゃ」。

でもいっかい寝室のドアが開けはなしになっていた。
スリーマンが床に蒲団を敷いているのが見えた。
となりのおおきなベッドにはボニーが横になって、
亭主のことを上から見おろしている。
二人は外国語でなにか言葉をかわしている。
スリーマンは枕もとに自分の靴をそろえていた。
ボニーは明かりを消して、二人は眠った。
でも裏手の部屋を借りている男は
まったく眠れなかった。まるで眠りというものの存在が
信じられなくなったみたいだ。
そのれっきとしたむかし、眠りはれっきとした眠りだった。
でもいまはちがう。

横になったまま目をあけて、両腕をわきにやって、夜おそく、彼はおもうともなく、妻のことをおもった。

自分の子供たちのこと、その別離にかかわったすべてのこと。家をでていくときにはいていた靴のことさえ考えた。ほんとうの裏切り者は靴のやつらなんだ、と彼はおもった。あいつらはここに俺をはこんできながら、俺のことを一度たりともとめようとはしなかった。

しばらくして、彼の思いはまたこの部屋とこの家に戻ってくる。彼の思いはここに属していた。ここがわが家《ホーム》と言える場所だった。

一人の男が自分の寝室の床で寝ている場所。自分の家のドアをノックして、そのつつましい到来を告げる一人の男。スリーマン。

男は自分の家のドアをノックして、それからしか中に入れない。そして仏頂面した女房といっしょにピタパンとトマトを食べるのだ。でも長い夜のうちには、彼はスリーマンのことを少しうらやましくもおもうようになってきた。たくさんじゃない。少しだけ。うらやんで何が悪い！
自分の寝室の床で眠るスリーマン君。
でも、スリーマンは少なくとも、自分の女房と同じ部屋で眠っているのだ。

彼女がいびきをかこうが、盲目的偏見を持っていようが、そんなことどうでもいいのだろう。ご面相だってそんなにひどいわけじゃない。正直な話。夜中に目をさましたら、スリーマンは少なくとも、彼女の気配を聞きとることができる。彼女がそこにいるとわかる。手をのばして毛布の上からそっと、相手を起こさないようにその身体に手を触れることのできる夜だってあったかもしれない。ボニー。彼の女房。

この人生をやっていくためには、

犬のふりをして床に寝る術を覚えることも必要なのかもしれない。ときにはそうしなくちゃならないのかもしれない。何がなんだか、世の中もうよくわからない。

少なくともそういう考え方もあったんだな、と彼はおもった。そのこと、ちょっと考えてみなくちゃな。

外では月が水面すぐ近くにまで落ちて、ついには姿を消した。足音が

通りをゆっくりと近づいてきて、彼の部屋の外でとまった。街灯が消えた。足音はそのまま通り過ぎていった。

家はしんと静まりかえり、それは、少なくともひとつの点では、まわりの家とかわりない——まったくの真っ暗という点で。

彼は毛布にしがみつくようにして、天井を見つめている。

彼はやりなおさなくてはならなかった。まず手始めに——

油まじりの海のにおい、腐りかけたトマト。

（訳注）「フムス」はギリシャ・トルコ料理でレンズ豆のペーストのこと

To Begin With

鶴

沼地から鶴たちが舞いたつ……
弟は指をこめかみにやり、
それから両手をだらんと下に落とす。

そんな具合に彼は死んでしまった。
秋の、サテンの縁取り。
弟よ、僕はお前を失って悲しい。お前に戻ってほしいと思う。

世間のひとのとおりのことを知った
一人前の男として、お前を抱きしめたい。
もやのようないくつかの出来事が移ろい過ぎていく。

この今の人生のことではないけれど、と私はいちどお前に話した。

私はそこで、違った一連の行動命令を受けていた。
私はらばの背に乗って、コリントス地峡を横切ろうとしていた。

でも、行くがいい、もしお前がものごとをそのように考えるのであるなら！
しかし、私はそこから遠くお前のことを思っているよ。
子供の頃、ともにあおいだのと同じ星を眺めながら。

鶴たちは翼を打ち振る。
まもなく彼らは、真北の方角を見つけるだろう。
それから、逆の方角に向かうのだ。

VII

散　髪

これまでの人生で、じつにいろんなあり得ないことが
起こってきたから、彼女にさあ
用意してね、と言われたときにも
彼はとくに気にもとめない。
散髪をしてもらうのだ。

彼は二階の椅子に腰をおろす。
ときどき二人が冗談で「ライブラリ」と
呼ぶ部屋だ。窓がひとつあって
そこから光が入る。足もとにぐるりと
新聞紙が敷かれたとき、外で
雪が舞い始める。肩の上に大きなタオルが
かけられる。それから彼女は

ハサミと櫛とブラシを取り出す。


二人きりになるのはずいぶん久しぶりのことだ。どこかに出かけたり、用事をかかえていたり、そんなことが続いていた。もちろんベッドに行くのは二人きりだけど、その手の親密なことは数に入れず。朝食をともにするのも二人きりだけど、その手の親密なことも数にいれず。

彼女が彼の髪を刈って、櫛を入れて、またちょっと刈っているあいだ
二人は思慮深げにじっと黙っている。

外では雪が降り続いている。

ほどなく、窓の光がだんだん薄れていく。彼はぼんやりと、何を思うともなく、じっと下を向いて、新聞に書いてあることを読みとろうとする。彼女は言う、

「顔をあげて」。言われたとおりにする。それから彼女は言う、「さあ、これでいかが」。彼は鏡の中をのぞきこむ。うむ、上等だ。いいじゃないか。いいじゃないか、と彼は言う。

そのあとのことだけれど、彼はポーチの明かりをつけて、タオルをぱたぱたと振る。白と黒の巻き毛や、髪の束が飛んでいって、雪の上にはらはら落ちる。そのときに彼はひとつのことを理解する。おれは今ではもう一人前の、押しも押されもせぬ中年の男だ。子供時代、いつも父親と一緒に床屋に行っているころに、あるいはティーンエイジャーのころでもいいけど、

こんなことが想像できただろうか。いつの日か
人生が自分に、一緒に旅をしたり、一緒に寝たり、
朝食を一緒にしたりする美しい女を
授けてくれるだろうなんて。
それだけじゃない——彼が人生を始めた
場所から三千マイルも離れた、雪の降りしきる
暗い町で、午後に自分の
髪を黙々と散髪してくれるような一人の女。
テーブル越しに彼の顔を見て、
「あなた、そろそろ散髪の時期よね。
誰かがあなたの髪を切らなくちゃ
いけないわよ」
ということのできる一人の女。

コーンウォールの幸福

細君が死んで、墓地から家の
玄関に帰るあいだに彼はすっかり老け込んで
しまった。のろのろと、肩を落として
歩いた。服装にもまるでかまわなくなり、
長い髪はもう真っ白になってしまった。
子どもたちは彼のために付き添い人をみつけた。
がっしりとした靴を履いた
大柄な中年女で、
モップ、ワックス、はたきかけ、買い物、
薪の搬入などをこなした。女は家の裏手の部屋に住み込んだ。
食事も作った。そして少しずつ、
少しずつ、夜になると、暖炉の前で
老人に、詩を読んで聞かせる

ようになった。テニソン、ブラウニング、シェイクスピア、ドリンクウォーター。やたらとスペースを食う長い名前の人々。彼女は執事であり、コックであり、家政婦だった。そしてやがては、うむ、いや、それがいつであったのか、みんなよく知らないし、とくに気にもしないのだけど、日曜日になると二人はドレスアップして、町をそぞろ歩きするようになった。彼女は彼の腕に、しっかりと腕を通して。微笑んで。彼は得意そうで幸福そうで、彼女の手に、手をかさねていた。

彼らのことをだれも否定しようとはしなかったし、悪く言おうともしなかった。だって幸福というのはめったにないことだもの！　夜になると彼は詩に耳を傾けた。次から次へと、詩。
暖炉の前で。
くめども尽きせぬ人生ではありませんか。

Happiness In Cornwall

アフガニスタン

カラマツ並木の道の悲しげな音楽。
雪をかぶった、ずっと遠くの森。
カイバル峠。アレクサンダー大王。
歴史、そして瑠璃《ラピス・ラズリ》。

どんな本も、どんな絵も、どんな小間ものも私を愉しませない。
でも彼女はべつ。瑠璃もべつだ。

彼女が可愛い指にはめている、あの青い石。
それは私をたとえようもなく愉しませてくれる。

かたかたと音を立てながら、井戸を降りていくバケツ。

甘露のごとき水を、それは運び上げる。
川沿いにつづく船引き道。アーモンドの
茂みを抜ける小径。私の恋人は
サンダルばきでどこにでも行ってしまう。
手には瑠璃の指輪をはめて。

Afghanistan

ワシントン州スクィム近くの海の光の中で

緑の野原が始まろうとしていた。そして背の高い白い
農家が何軒か現われる。さっきまでは潮の引いた潟があり、僕らが石をどけると
その下からぱっと逃げ出したり、あるいはこっちを向いて
身構えたりする小さな蟹がいたのだが。のんびりした
そんな午後の倦怠。そんな田舎道を車で
通り過ぎていく快さ。パリの、僕らのパリの、話をしながら。
そして君が本の中でその場所を見つけて、そこにアンナ・アフマートヴァが
　　モジリアーニと一緒にいたときのことを読み上げてくれる。
二人はリュクサンブール庭園のベンチに座って
彼の大きな黒くて古い傘の下で
互いにヴェルレーヌの詩を暗唱しあう。二人とも
「それぞれの未来の手をいまだ逃れている」。野原に
出て僕らは、上半身裸で、

昔の船の漕ぎ手みたいにズボンの裾をたくしあげた、
若い男に出会った。彼はとくに興味もなさそうに僕らを見た。
そこに立って、無関心な目をじっと向けていた。
それから僕らに背を向けて、仕事の続きにかかった。
僕らがまるで美しい真っ黒な大鎌みたいに
その非のうちどころのない風景を走り抜けていくそばで。

In A Marine Light Near Sequim, Washington

鷲

十六インチもあるアイナメを、その鷲は
僕らのすぐ足もとに落としていった。
バグリー渓谷のてっぺん、
緑の森のはじっこのところで。
魚の腹には鋭い爪でぎゅっと
つかまれていた跡がついている!
それから、魚の背中の一部はもぎ取られていた。
まるでどこかで見た古い絵画みたいに、
あるいはよみがえってくる大昔の記憶みたいに、
鷲はファン・デ・フーカ海峡から
魚をつかんで、この渓谷まで飛んできた
僕らがじっと立って見ている、
森のはじっこまで。

でも僕らの頭上で魚を取り落とし、それを
めがけて降下したものの失敗すると、びゅうびゅうと
日がな風の吹く渓谷の空を、ぐんぐん舞いあがっていった。
鷲はしばらく飛び続けるのを僕らはしばらく眺めていたが、やがてそれは
小さな点になり、そして消えていった。僕は魚を
拾い上げた。その奇跡のごときアイナメ。
散歩から家に戻ってきて、僕はそれを
油でさっと焼いて、ゆでジャガイモと、
豆と丸パンと一緒に
食べた（食べちゃいけない理由がどこにあるのか）。
夕食の席で、鷲について、また鷲より古く、
容赦のない自然界の理法について、語りつつ。

Eagles

昨日、雪が

昨日、雪が降っていて、なにもかも無茶苦茶だった。
私はふだん夢を見ないのだが、その夜には一人の男が
私にウィスキーを差し出す夢を見た。
私はボトルの口を拭って
それを唇のところまであげた。それは落下の夢に似ていた。
途中で目を覚まさなければ、
地面にぶつかってほんとうにおだぶつという
ようなやつに。私はぱっと目覚めた！　汗だくで。
外では雪はもう降り止んでいた。
でも、うん、すごく寒そうに見えた。恐ろしいくらいに。
窓ガラスに手を触れると、それは
氷そのもの。私はベッドに戻って
朝までそこに横になっていた。

また寝てしまうのが怖くて。またあの
夢に戻っていくのが怖くて……
私の唇に近づくボトル。
その男は、私が酒をぐいとひとくち飲んでボトルを
彼に返すのを、無表情にじっと待っている。
歪んだ月が、朝まで空に浮かんでいたが、
やがてまぶしい太陽が。
「ベッドから跳ね起きる」というのがどういうことか
私は今まで知らなかった。

一日じゅう、屋根から雪がどさどさと落ちていた。
タイヤや靴が雪を潰すときの音。
隣では年寄りが雪かきをしていた。
しばしば手を休めて、シャベルに
寄り掛かり、何かを
ぼおっと考え込んでいる。
心臓を休めている。

それから頷いて、シャベルの柄を握る。
続けなくては。そう、続けなくては。

レストランで本を読むこと

今朝僕はあの青年のことを思いだした。
窓際のテーブルで本を読んでいた、あの昨夜の
青年を。皿やら人の声がにぎやかに行き来する
その中で彼は読み続けていた。ときどき顔を上げて
指を唇に走らせる。まるで何かについて
考えこんでいるか、あるいは心の中を
去来する想いをそっとなだめているみたいに。そしてまた
目を伏せて本を読み続ける。そんな記憶が今朝
僕の頭に蘇った。ずっと昔、あのとき
レストランに入ってきた娘の
記憶とともに。
彼女は立ったまま髪をふるい
それからコートも脱がずに

僕の向かいの席に座った。
僕がそのとき読んでいた本、何かの本を
テーブルに置くと、彼女はすぐに僕に向かって話を始めた。
もう駄目よ、ぜんぜん駄目
まったく見込みなし。
彼女にはわかっていたのだ。やがて僕にもやっと
わかってきた。でもあれは
辛かったね。今朝君は
御機嫌いかが？　と僕にたずねる。でも僕は頭が
集中できない。僕らのとなりのテーブルでは
男がげらげらと笑いころげている。
もう一人の男の話に対して
頭を振りながら。
でもあの青年、いったい何を読んでいたんだろうな？
あの女はどこに行っちゃったんだろうな？
わからなくなっちゃったよ。ええと君

何を質問してたっけね。

Reading Something In The Restaurant

ソングバードに文句を言うのではないけど

もう、いい加減にしてくれないかな、ソングバード。
そんな風に張り切らないでくれ。
朝だということはよくわかるけど、僕はまだまだ眠い。

僕が三十のとき、君たちはいったいどこに隠れていたんだ？
まるで誰かが死んだときのように、
一日じゅう家が真っ暗で、しんとしていた日々に？

そしてこの死んだ誰かが、あるいは別の誰かが、
生き残った人たちのために、胸の痛むような料理を作ってくれたわけだ。
たっぷりと、十年もつくらいたっぷりと。

どこかに行ってくれ、君たち。一時間後に戻ってこいよ、

親友。その頃には僕もばっちりと目覚めているから。
大丈夫。約束するからさ、今度はちゃんと。

（訳注）「ソングバード」〔songbird〕は一般的な「鳴く鳥」のことだが、
この詩では語感をいかすためにそのまま使った。

A Poem Not Against Songbirds

一九八四年四月八日の午後遅くに

小さな釣り船が一隻
　海峡の
荒い波にもまれている。
僕は双眼鏡をその男に向ける。
キャンバスの帽子をかぶった老人がひとり
深刻な顔をしている。もうそれは
真っ青という感じだ。
ほかの船はみんなとっくに港に避難して
そこで今日はしょうがないとあきらめている。
この釣り人はきっと
グリーン・ポイントまででかけていたのだろう。
そこには大きなオヒョウの群がいるのだ。
そこへ風が叩きつけた！

それは樹木をねじ伏せ、
波を壁みたいにまっすぐ
そそり立たせる。
そう、ほら、こんな具合に。

でも彼はうまくやり遂げるだろう！
船首をしっかり風の方に向けていれば、
そして運が良ければ。
それでも僕は沿岸警備隊の
緊急電話番号を調べる。
でも電話はかけない。
僕はじっと見守っている——一時間か、もうちょっと短いか——
そのあいだにどんな思いが
彼の心を、僕の心をよぎっていくのか、
それは誰にもわかるまい。
やがて船は港に入ってくる。

そして波は一瞬にして静まる。
彼は帽子を取って、それをうち振る。
ばたばたと、まるで昔のカウボーイみたいに！
彼はそのことを二度と忘れないだろう。
そいつはたしかだね。
　僕だって忘れないもの。

Late Afternoon, April 8, 1984

僕の仕事

顔を上げると、彼らがビーチを
歩いていく姿が見える。若い男は
背負《しょ》い子に赤ん坊を背負っている。
だから両手が自由になって、
片方の手で奥さんの手を握れるし、もう片方を
ぶらぶらと振ることもできる。二人は見るからに
幸福そう。そして仲がよさそう。
彼らは誰よりも幸福だし、そのことは自分たちも承知している。
それを嬉しいと思いつつ、つつましく感謝している。
彼らはビーチの先まで行って、そこで
姿を消す。おしまい、と僕は思う。
そして僕の生活を支配しているものごとへと
戻っていく。でもその数分後に

彼らは歩いてまたビーチを戻ってくる。
ただひとつ前と違っているのは、
二人が位置を交換したこと。
彼は今では彼女の反対側にいる。
海に近い方に。彼女はこっち側にいる。
でも二人はまだ手を握りあっている。前にも増してあつあつに
見える。そんなことが可能なのかと思うんだけれど、可能なんだな、これが。
僕も長いあいだ、そんな場所にいたことがあった。
彼らの散歩はそんなに長いものではなかった。ビーチを
十五分ばかり歩き、また十五分かけて戻ってきた。
幾つかの岩を越えたり、荒っぽい波に
打ち上げられた巨大な流木を回り道したり
しなくてはならなかった。

彼らは静かに、ゆっくりと、手を握りあって歩く。

二人はすぐそこに海があることを知っているけれど、
あまりにもハッピーなので、そんなもの眼中にない。
彼らの若々しい顔に浮かんだ愛。それが二人を包んでいる。
ひょっとしたら本当に永遠に続くのかもしれない。もし彼らが幸運であり、
善良であり、忍耐強ければ。そして注意深ければ。もし彼らが
出し惜しみなんかせずに、互いを愛し続けたなら。
お互いに対して誠実であるならば——そう、それがなにより大事だ。
彼らはきっと誠実であるだろう。もちろんそうだろう。
彼らだって、そう信じているだろう。
僕は僕の仕事に戻る。僕の仕事は僕に戻ってくる。
海の上に風が出てきたようだ。

橋げた

今朝、僕は時間を無駄にしてしまった。深くそれを恥じている。
僕は昨夜ベッドに入るとき、父さんのことを考えた。
僕らが昔よく釣りをした小さな川のこと――アルマナー湖の近くの
ビュート・クリーク。水音が僕を眠りに誘った。
夢の中では、起きあがって動きまわらないようにするのが、
僕としちゃやっとだった。なのに今朝早く目が覚めたとき、
僕はすぐに電話のところに行ったのだ。その谷間では
草地を抜けて、クローバーのあいだを
縫うようにして、川は流れていたというのに。
草地の両側にはいちじくの木がはえていた。そして僕はそこにいた。
少年がひとり、木の橋げたに座って、下を見ている。
僕の父さんが両手に水をすくって飲むのを見ている。
父さんは言う、「これはうまい水だぞ。

お袋にもこの水を少し持ってかえってやりたいものだがな」
父さんはまだ自分の母親のことを愛していた。もうとっくに亡くなったたし、だいたいその前からもうずっと会っていなかったというのに。
父さんは母親のいるところに行くまでに
それから数年待たなくてはならなかった。しかし彼は自分が見出した
この土地を愛していた。西部だ。
三十年ものあいだ、それは父さんを自分の胸にひき寄せておいて、
それから行かせてしまった。彼はある夜、
北部カリフォルニアの町で眠りについて、
そのまま目覚めなかった。おそろしくシンプルな話だ。

僕の人生も、そして死も、そんな風にシンプルだといいなと思う。
そうすれば、一晩じゅう自分がいたい場所にいたあとで、
大事な場所にいたあとで、
今日のような気持ちの良い朝に目覚めたとき、僕は何も考えずに
すっと、とても自然に自分の机まで行くことができる。

こんな具合にシンプルに、それができたとしよう。ベッドから机に、そして少年時代に戻る。そこから橋げたまではそんなに距離はない。そして橋げたからは、僕は見たいときに父さんを見おろすことができる。父さんは冷たい水を飲んでいる。僕の優しい父さん。川と、草地と、いちじくの木と、橋げたと。それだ。かつて僕はその場所にいたのだ。

僕はわざわざ自分自身に言い聞かせたりすることなく、そういうのができたらいいなと思っている。いろんな些末な面倒事に関わって、それで自分が嫌になったりすることもなく。そう、僕もそろそろ人生を変えていいころだ。こんな人生なんて——いろんなやっかいごと、何やかやとかかってくる電話——しょうもない。
時間の浪費じゃないか。
僕は澄んだ水に両手を浸けたいんだ。父さんが
やったみたいに。何度も何度も。

The Trestle

テスに

海峡《ストレイト》の海面は、ここの人たちの言葉を借りれば、
頭を白く染めている。荒れているのだ。そんなところに出て
いかないでよかった。モース・クリークで一日釣りをして
よかった。まっ赤なデアデヴィルをあちこちキャスティング
しながらね。魚は一匹も釣れない。食いつきさえしなかった。
ただのいちどもだよ。でもかまわない。そんなの、なんでもないさ!
僕は君のおとうさんのポケット・ナイフを持ち、
飼主にディキシーと呼ばれている名前の犬をしばらくあとに従えていた。
ときどき僕はとても幸福で、魚釣りなんてやめちゃった
くらいだ。いちど僕は堤に寝ころんで目を閉じ、
水の音にじっと耳を澄ませていた。
そして樹上を過ぎていく風の音に。海峡を吹き荒れているのと
同じ風なのだが、でもそれは違う風でもある。

しばらくのあいだ、僕は自分が死んでいるんだと想像してみた。
でもそれも悪くなかった。少なくともちょっとのあいだならね。
それが本当にからだに染みこんでくるまではね。死んでいる。
そこに目を閉じて寝ころんで、本当に自分がじっさいに
もう二度と起きあがれなくなったらどんな感じなのかなと
想像してみたすぐあとで、僕は君のことを考えた。
それから僕は目を開け、起きあがり、
もういちど幸福であることのなかに戻っていった。
ねえ、僕は君にすごく感謝している。それを、言いたかったんだ。

For Tess

本書は『水と水とが出会うところ／ウルトラマリン』（レイモンド・カーヴァー全集第五巻、一九九七年九月 中央公論新社刊）所収の二つの詩集のうち、『水と水とが出会うところ』を収録したものです。なお、全集巻末の訳者による「解題」は、今秋刊行予定のライブラリー版『ウルトラマリン』に収録予定です。

（編集部）

装幀・カバー写真　和田　誠

村上春樹《むらかみはるき》 翻訳《ほんやく》ライブラリー

水《みず》と水《みず》とが出《で》会《あ》うところ

2007年1月10日　初版発行

訳　者　村上《むらかみ》　春樹《はるき》
著　者　レイモンド・カーヴァー
発行者　早川　準一
発行所　中央公論新社
〒104-8320 東京都中央区京橋2-8-7
電話　販売部　03(3563)1431
　　　編集部　03(3563)3692
URL http://www.chuko.co.jp/

印　刷　三晃印刷　　製　本　小泉製本

Published by CHUOKORON-SHINSHA, INC.
Printed in Japan　ISBN978-4-12-403501-8 C0097
定価はカバーに表示してあります。
落丁本・乱丁本はお手数ですが小社販売部宛お送り下さい。
送料小社負担にてお取り替えいたします。

村上春樹 翻訳ライブラリー　既刊・収録予定作品

レイモンド・カーヴァー著
頼むから静かにしてくれ Ⅰ〔短篇集〕
頼むから静かにしてくれ Ⅱ〔短篇集〕
愛について語るときに我々の語ること〔短篇集〕
大聖堂〔短篇集〕07年3月刊行予定
ファイアズ〔短篇・詩・エッセイ〕
水と水とが出会うところ〔詩集〕
ウルトラマリン〔詩集〕
象〔短篇集〕
滝への新しい小径〔詩集〕
英雄を謳うまい〔短篇・詩・エッセイ〕
必要になったら電話をかけて〔未発表短篇・インタビュー〕

スコット・フィッツジェラルド著
マイ・ロスト・シティー〔短篇集〕
グレート・ギャツビー〔長篇〕
ザ・スコット・フィッツジェラルド・ブック〔短篇とエッセイ〕
バビロンに帰る　ザ・スコット・フィッツジェラルド・ブック2〔短篇とエッセイ〕

ジョン・アーヴィング著　熊を放つ 上下〔長篇〕

マーク・ストランド著　犬の人生〔短篇集〕

C・D・B・ブライアン著　**偉大なるデスリフ**〔長篇〕

ポール・セロー著　ワールズ・エンド（世界の果て）〔短篇集〕

村上春樹編訳
月曜日は最悪だとみんなは言うけれど〔短篇とエッセイ〕
バースデイ・ストーリーズ〔アンソロジー〕

太字は既刊